DREAMBOOKS

무에
투쟁
록

가우리 신무협 장편소설

ORIENTAL FANTASYSTORY & ADVENTURE

6

dream
books
드림북스

무위투쟁록 6

초판 1쇄 인쇄 / 2013년 10월 15일
초판 1쇄 발행 / 2013년 10월 21일

지은이 / 가우리

발행인 / 오영배
책임편집 / 편집부
펴낸 곳 / (주)삼양출판사 · 드림북스

주소 / 서울특별시 강북구 솔샘로67길 92
대표 전화 / 02-980-2112 팩스 / 02-983-0660
편집부 전화 / 02-980-2116 팩스 / 02-983-8201
블로그 / blog.naver.com/dreambookss

등록번호 / 제9-00046호
등록일자 / 1999년 3월 11일

ⓒ 가우리, 2013

값 8,000원

(주)삼양출판사 · 드림북스의 서면 허락 없이는 어떠한
형태나 수단으로도 이 책의 내용을 이용하지 못합니다.

ISBN 978-89-542-5113-6 (04810) / 978-89-542-5107-5 (세트)

* 지은이와 협의하에 인지는 생략합니다.
* 잘못된 책은 구입한 곳에서 바꾸어 드립니다.

이 도서의 국립중앙도서관 출판시도서목록(CIP)은 서지정보유통지원시스홈페이지(http://
seoji.nl.go.kr)와 국가자료공동목록시스템(http://www.nl.go.kr/kolisnet)에서 이용하실 수
있습니다. (CIP제어번호: 2013020425)

목차

第一章

와룡지처 싸락골

"하아."

천천히 고개를 든 제갈장천의 입에서 길고 긴 탄식이 흘러나왔다.

"확실하군."

담담한 듯 보였지만 놀라움이 선명히 드러나는 목소리를 내뱉은 제갈장천은 다시 한 번 시선을 내렸다.

그의 손에는 금방 덮은 서책이 들려 있었다.

그리고 옆에는 그가 비교를 위해 가져온 이 서책의 표지를 비롯한 일부가 놓여 있었다.

"분명 필체도 동일하다. 동굴 안의 돌무더기에서 발견한 필체의 탁본과도 같고……."

"그럼……?"

그때까지 숨을 죽이고 있던 절검대주 제갈유가 조심스럽게 운을 떼었다. 그러자 제갈장천이 천천히 고개를 끄덕여주며 입을 열었다.

"진본이네."

"……."

제갈유의 동공이 확대되었다.

물론 어느 정도 예상을 하기는 했지만, 예상은 예상이고 사실을 확인한다는 것은 그 의미가 또 달랐다. 하지만 이내 제갈유는 놀란 기색을 가라앉혔다. 제갈장천의 표정이 그리 좋아 보이지 않았기 때문이었다.

제갈유가 조심스럽게 질문을 던졌다.

"하나였던 서책이 나누어진 것 때문이십니까."

제갈유의 질문에 제갈장천이 고개를 끄덕였다.

이 서책의 일부가 비동을 찾아내는 결정적인 증거물이었다. 이것으로 인해 비동의 존재를 확신하게 되었고, 결국에는 조사 끝에 비동까지 찾아내게 되었던 것이다.

그런데 그 서책의 나머지를 장무위가 가지고 있었다. 단순하게 생각하면 이 서책의 일부를 흘린 사람은 곧 장무위라는 이야기가 된다. 하지만 그렇게 섣불리 결론지을 수 없었다.

비록 큰일로는 번지지 않았지만 강호무림을 떠들썩하게 만들었던 사건이었다. 만에 하나의 경우, 비동 쟁탈전까지 벌어질 수 있는 사건이었기에 가벼운 문제가 아니었다. 누가 계획한 일이냐 역시 중요했다.

"물론 그분은 아니겠지."

"그럴 겁니다. 맞다면 순순히 보여주지도 않았을 것이고, 또 미리 걸왕께서 언급을 해 주셨겠지요."

"맞아. 그렇다면 결국 다른 누군가의 음모였다는 이야기가 되네."

제갈유의 얼굴이 굳어 있었다.

무엇을 위한 음모인가?

이런 의문이 그의 표정을 저절로 굳어지게 만든 것이다.

"결국 열쇠를 가지고 있는 사람에게 확인을 해야겠지."

"그렇군요."

"가세나."

제갈장천이 일어서자 제갈유가 뒤를 따랐다.

*   *   *

"늬들은 몰려다니는 게 취미냐?"

장무위가 눈살을 찌푸리며 방 안으로 들어온 이들을 바라보았다.

언제나 그렇듯이 걸왕과 소요검선을 비롯해 현도와 그를 따르는 청 자 배 제자 셋이 들어서 있었다.

"큼, 취미랄 것까지야."

걸왕이 멋쩍은 듯 중얼거렸다.

정말이지 요즘 들어 계속 함께 모이다 보니, 장무위를 찾을 때면 다 같이 들어오는 게 버릇이 되어버렸다.

"오늘은 또 뭐냐."

장무위의 채근에 걸왕이 입맛을 다시며 본론을 꺼냈다.

"아마 제갈장천 그 녀석이 물어볼 거요."

"뭘?"

"그 서책의 일부를 어떻게 잃어버렸는지 말이오."

걸왕의 대답에 장무위가 뚱한 표정을 지으며 대꾸했다.

"말했잖아. 속곳 대용으로 썼다고."

장무위의 대답과 동시에 일행들의 얼굴이 똥 씹은 것처럼 구겨졌다. 그들의 입장을 대변하듯 걸왕이 어처구니없다는 표정으로 물었다.

"그걸 믿겠소?"

"안 믿으면 어쩔 건데?"

"……."

장무위가 한쪽 눈썹을 치켜 올리며 되묻자, 걸왕이 입을 다물었다.

어쨌든 장무위는 진실을 말했다. 그리고 여기 있는 이들은 이 말도 안 되는 변명이 진실임을 직감했다. 하지만 그건 어디까지나 이들 사이에서만 통하는 이야기였다.

이들은 장무위라는 인간을 워낙에 오래 겪어봤기에, 그가 이런 말도 안 되는 짓을 서슴없이 저지를 수 있는 인간이라는 것을 잘 알고 있었다. 하지만 다른 사람들은 그렇지 않다. 이런 황당한 사실을 있는 그대로 받아들일 수 없을 것이다.

특히 쓸데없이 머리 굴리는 게 일인 제갈장천이라면, 보이는 것이 전부인 장무위의 한마디를 가지고 엄청 복잡하게 꼬아가며 고민할 게 뻔했다. 아마도 뒤에 무언가 음모가 있을 거라고 상상의 나래를 펼칠 것이다.

그 와중에 장무위의 심기를 건드릴 만한 일이 벌어져서 결국에는 탈이 날 게 안 봐도 훤했다. 그렇게 된다면 장무위 역시 가만있지 않을 것이다. 지금까지도 그래왔듯이 무언가 사달을 내더라도 크게 낼 게 뻔할 뻔 자였다.

그 전에 어떻게 해서라도, 입을 맞추든 입을 막든 뭔가를 해 두어야 앞으로의 일이 틀어지지 않으리라는 생각에 걸왕은 다급히 입을 열었다.

"아무리 사실이라 하더라……."

그러나 걸왕의 말은 끝까지 이어지지 않았다. 누군가 빠르게 이동해 오는 것을 느꼈기 때문이다. 바로 제갈장천의 기운이었다.

"젠장!"

걸왕의 얼굴이 일그러지는 것과 동시에 밖에서 제갈장천의 음성이 들려왔다.

"대협, 잠시 뵐 수 있겠습니까?"

"엇흠. 들어오시오."

장무위가 갑자기 자세를 가다듬고 거드름을 피우며 대꾸했다. 걸왕은 문을 열고 들어서는 제갈장천을 보며 긴 한숨을 내뱉었다. 이제는 죽이 되든 밥이 되든 그냥 두고 볼 수밖에 없는 상황이 된 것이다.

"앉으시오."

"예."

장무위의 권유에 제갈장천이 조심스럽게 자리에 앉았다. 그러면서 걸왕과 소요검선을 향해 웃는 낯으로 말을 걸어왔다.

"환담이라도 나누고 계셨습니까."

"허허, 그저 세상 사는 이야기를 했을 뿐이네."

"뭐, 그렇지……."

소요검선은 너털웃음으로 넘겼고 걸왕은 애써 구겨진 얼굴을 지우며 화답했다. 하지만 제갈장천은 그들의 말을 믿지 않았다. 그렇다고 믿기에는 동석하고 있는 현도와 그의 청 자 배 제자들이 수상했다.

현도야 넘어갈 수도 있지만, 아무리 잘 봐줘도 지금 이 자리는 청 자 배 제자들이 있을 자리로는 보이지 않았다. 청 자 배 제자들의 위치는 지금 거처에서 대기 중인 절검대 대원들과 비슷했기 때문이었다.

그때 장무위가 인자한 미소를 입에 머금고 제갈장천에게 말을 걸어왔다.

"그래, 어찌 잘 살펴보았소?"

"아, 예."

장무위의 질문에 제갈장천은 어렵게 대답을 했다. 사실 정도맹의 두뇌라 불리는 신뇌 제갈장천의 위치는 결코 낮지 않았다. 일문의 문주라 해도 대하기 어려운 위치의 사람이 바로 제갈장천이었다. 그럼에도 그는 장무위에게 조심스러울 수밖에 없었다.

일단 표면적으로는 소요검선과 걸왕이 우애를 나누고 있는 이였기 때문이다. 하지만 무엇보다도 제갈장천을 조심스럽게 만든 것은 조화검신의 후인이라는 특수성이었다.

문파의 힘을 떠나 배분이 문제 되는 상황이었다. 조화검신이라는 존재 자체가 몇 백여 년 전의 인물이다 보니 배분을 따지기가 어려웠다. 하지만 강자에게는 그만한 대우가 있어야 하는 것이 또 강호다. 위치와 입장이 전부 정리되기 전까지는 조심해야 하는 것이 맞다.

그리고 지금까지 벌어진 일의 열쇠를 가지고 있는 인물이 바로 장무위였기에 지금은 조심 또 조심하는 게 지극히 당연했다.

"한 가지 여쭐 것이 있어 왔습니다."

"말씀하시오."

"제가 가져 온 것이 대협께서 주신 서책의 일부임을 확인했습니다. 진본이더군요."

제갈장천의 말이 이어지자 청수와 청운, 청풍의 시선이 장무위와 걸왕을 빠르게 오갔다.

이후에 일어날 일이 궁금한 눈치였다.

"맞소. 내가 뜯어낸 것이니 말이오."

"뜯어냈다 하심은……."

오히려 질문을 해야 할 내용을 장무위가 미리 말해버리자, 제갈장천은 잘됐다 싶어 그를 바라보며 조심히 의중을 떠 보았다. 걸왕과 일행들은 올 것이 왔구나 하는 표정으로 긴장하기 시작했다.

"내 입을 것이 없어, 그거 뜯어서 몸을 가리는 데 썼소이다.”

“…….”

순간 제갈장천의 표정이 멍해졌다. 제갈유 역시 마찬가지였다. 그저 얼떨떨한 표정으로 장무위를 바라볼 뿐이었다.

그들의 표정을 본 장무위가 되려 물어왔다.

“뭐가 잘못됐소?”

“아니, 어찌 그런…… 행동을 하셨습니까.”

순간 제갈장천은 그런 짓이라고 할 뻔했다가 가까스로 말을 돌렸다.

“그럼 벗고 다니는 게 맞소?”

“그…….”

제갈장천의 얼굴이 살짝 일그러졌다.

반면 다른 이들은 그의 표정만으로도 제갈장천의 심정이 이해된다는 표정을 짓고 있었다. 장무위의 말이 다시 이어졌다.

“그럼 그쪽은 어떻게 하겠소?”

“예?”

“입을 게 없고, 책은 있는 상황에 처한다면 홀랑 벗고 다니시겠소?”

“그건 아니지만…….”

제갈장천은 얼떨떨한 표정으로 대답했다.

그의 대답에 장무위가 그것 보라는 듯 다시 말을 이었다.

"수중에 금은보화가 있으면 뭘 하겠소. 필요한 것이 없으면 그건 돌덩이나 마찬가지라오. 이것도 마찬가지요. 그래서 찢어서 썼소."

장무위의 말에 걸왕이 고개를 푹 숙였다. 그렇게 하지 않고는 자신의 표정을 숨기기 어려웠기 때문이었다.

'지랄! 퍽이나!'

그렇게 고개를 숙여 욕질을 한 걸왕이 다시 고개를 들었을 땐 반짝이는 눈으로 장무위를 바라보는 제갈장천의 모습이 보였다.

"가르침에 감사드립니다."

"······."

제갈장천이 고개 숙여 예를 올리자 걸왕을 비롯한 일행들은 신기한 구경거리라도 바라보듯 그 광경을 쳐다보았다.

"뭐, 가르침이라고 할 것까지야······."

장무위 역시 머쓱한 표정으로 그를 바라보았다. 동시에 걸왕 일행에게 눈알을 부라리며 본받으라는 시선을 보내는 것 역시 잊지 않았다.

"제 일이 일이다 보니 확인을 해두어야 할 게 있습니다.

이 서책의 일부 외에 밖으로 유출된 것은 없는지요."

"서책은 더 이상 흘러나가지 않았소."

장무위는 단호하게 대답했다.

'서책만은 말이지.'

약을 팔았던 거나 비급 내용을 일부 뜯어내서 비급이라고 영약이랑 같이 팔아먹었던 건, 엄연히 서책이 흘러나간 것과는 별개였다.

"허면 처음 부탁드린 대로 비동에 함께 가 주시는 것은⋯⋯."

제갈장천의 말에 장무위는 대답 대신 커다란 보따리를 옆에 내려놓았다.

"말씀만 하시오."

"감사합니다."

제갈장천이 고개를 숙이며 물러났다. 그때까지 가자미눈으로 장무위를 바라보던 청수가 중얼거렸다.

"왜 이리 협조적이시지?"

"아까 전장에서 연락 온 게 있어서 그럽니다."

청운이 대신 대답을 해 주었다.

"뭔 연락?"

"정도맹에서 추가 금액이 전달됐다더라고요."

"어쩐지."

나름 장무위와 친분 관계가 깊어진 청운의 말이기에 일
행들은 고개를 끄덕였다.

"흐흐흐. 고객 감동이 내 신조지."

청운의 말을 주워들은 장무위가 음흉하게 웃으며 중얼거
렸다.

그것에 대해서는 청운도 동감했다.

일단 돈이 관계되면 충실해지는 인간이 바로 장무위였
다.

*   *   *

사방이 어두컴컴하였다.

밤은 밤이되 달도 조각달인 탓에 여행을 떠나기에는 좋
지 않은 날이었다. 그럼에도 불구하고 장무위는 간단한 봇
짐을 메고 방문을 나섰다.

방문을 나서는 동시에 장무위의 얼굴이 살짝 일그러졌
다. 무언가 마음에 들지 않는다는 의미가 가득한 표정이었
다.

"뭐냐, 늬들은."

"허허허."

"큼."

"그저 말동무나……."

장무위의 질문을 받은 소요검선은 웃어 재꼈고, 걸왕은 시선을 돌리며 외면했으며 현도는 되도 않는 변명을 내뱉었다.

짐을 싸들고 밖으로 나온 장무위를 반긴 것은 어디론가 떠날 준비를 하고 미리 마당에 나와 있는 소요검선과 그 일당들이었다. 물론 그 어딘가는 아마도 장무위가 가는 곳이 맞을 것이다. 그것이 지금 장무위의 심기를 불편하게 만들고 있었다. 자신을 빼놓고 장무위에 대해 가장 잘 아는 이들이 바로 눈앞에 있는 이들이었다.

장무위의 시선이 점점 험악해질 때쯤 그들을 구원하는 음성이 들려왔다.

"벌써 준비하고 계셨군요!"

제갈장천과 절검대가 짐을 꾸려서 나오고 있었다. 제갈장천의 모습을 보자 장무위의 얼굴 표정이 언제 그랬냐는 듯 밝게 변했다.

"나오셨소?"

"예, 이제 출발하시지요."

제갈장천이 장무위에게 공손하게 대답했다. 하지만 장무위는 소요검선 일행들을 보며 입을 열었다.

"그런데 이들은……."

"아, 적적하실 것 같다고 흔쾌히 따라나서신 겁니다. 게다가 아주 관련이 없는 분들도 아니고 말입니다."

"……."

제갈장천의 말에 장무위가 그들을 가자미눈으로 쏘아보았다.

모두가 그의 시선을 피했다.

"무슨 문제라도……."

무언가 이상한 것을 감지했는지 제갈장천이 조심스럽게 말을 꺼내었다. 하지만 장무위는 손을 내저으며 말했다.

"아니오. 정말로 적적하지 않겠구려."

걸왕을 바라보는 장무위의 시선이 살벌함으로 가득했다. 그 시선을 온몸으로 받아들이는 걸왕은 속으로 한숨을 내쉬었다.

'내 앞날이…….'

깜깜했다. 하지만 차라리 이게 나았다.

'천만개 그놈이 오기 전에 떠야 해.'

최소한 뭐라도 변명거리를 만들어야 하는 걸왕 입장에서는 이곳으로 향하는 구지신개가 도착하기 전에 일단 자리를 떠야 했다.

물론 자리를 떠도 이상하지 않을 정도로 그럴싸한 이유가 있어야 했기에 전전긍긍하고 있었다. 그러던 와중에 이런 기회가 생겼으니 얼마나 다행인가.

마찬가지로 현도와 그를 따르는 청 자 배 제자들도 일단 여기를 떠야 한다고 판단했다.

본산에서 나온 장로는 장무위를 회유하려고 할 게 뻔했다. 그런데 아직까지 설득을 못 한 것은 둘째 치고, 제대로 된 제의도 하지 않았다는 것을 알게 된다면 꽤 곤란해질 것이 분명했다. 그것에 대비해 변명거리를 만들어야 했다.

소요검선의 경우는 그저 순수하게 궁금했기 때문이었다. 누가 그를 타박하겠는가. 다만 조금 더 장무위에 대하여 알고 싶은 것이 그의 본심이었다.

제갈장천 역시 쉽게 일이 풀렸지만 만에 하나를 대비하여 걸왕 등의 도움을 받는 게 좋다고 판단했다.

어딘가 조금 이상하기는 하지만 일단 장무위와 친분이 있기 때문이었다. 자신이 도착하기 전부터 이곳에 있던 것만 보아도, 장무위에 대해 자신보다는 그들이 더 많은 것을 알고 있을 터였다.

"그럼 출발하지요."

"갑시다."

늦은 밤에 길을 떠나는 이유는 간단했다.

전마성의 자취가 발견된 이상 그들의 정보 집단인 은월의 눈길을 피할 필요가 있었다. 그렇기에 밤을 택한 것이다.

무언가 엉킨 실타래를 푼다는 기분에 들뜬 제갈장천의
가벼운 발걸음과 무언가에 쫓기는 듯한 일행들의 발걸음,
그리고 불만 가득한 장무위의 발걸음이 뒤섞여 어둠을 뚫
고 싸락골을 나서기 시작했다.

*   *   *

"어이, 또 왔구려!"

객잔 주인이 한 무리의 상인들을 보고 아는 체를 했다.

"우리 같은 보따리상이야, 뭐……. 항상 오가고 하는 거
지요. 그래, 별일 없죠?"

상인 무리 중 한 사내가 넉살 좋은 표정으로 객잔 주인의
인사를 받으며 안부를 물었다. 그러자 객잔 주인이 고개를
내저으며 대답했다.

"별일이 없긴. 아주 그냥 난리가 났었지."

"난리요?"

"무림인들이 붙었었다고."

객잔 주인의 말에 상인이 놀란 눈을 하며 되물었다.

"무림인이요? 무슨 일로요?"

"거, 우리 동네 막가파에 왕곰인지 흑곰인지 하는 놈들

이 몰려왔었다고!"

"그래요?"

객잔 주인의 대답에 상인이 화들짝 놀랐다.

"여럿 죽었지. 후우."

놀란 상인을 보며 객잔 주인이 고개를 끄덕이면서 한숨을 내뱉었다.

"쯧, 요즘 막가파가 흑사파에서 독립한 뒤로는 살 만해졌다고 생각했는데, 이런 일이 벌어졌으니……."

"막가파가 망하기라도 했나 봅니다?"

"뗙! 망하긴 뭐가 망해!"

"그, 그게 왕곰파란 이야기를 듣고 보니 꽤 큰 흑도들이라는 게 기억이 나서 말입니다. 사실 이 동네의 막가파인가 하는 곳이 버티기엔 힘에서 좀 차이가 나지 않겠습니까?"

"자네, 뭘 그리 잘 아는가?"

상인의 말에 객잔 주인이 게슴츠레 눈을 뜨고 미심쩍다는 표정으로 질문을 던졌다. 그러자 상인이 너스레를 떨며 대꾸했다.

"에이, 상인이 주워듣고 다니는 게 얼마나 많은데요. 게다가 전 이 부근만 돌잖습니까."

"하긴, 그건 그렇겠구먼."

고개를 끄덕인 객잔 주인이 주변을 슬쩍 돌아보더니 조

용히 말을 이었다.

"많이 죽긴 했는데, 마침 개방의 고수가 왔었다네."

"개방의 고수요?"

"그래, 그 개방의 고수가 막가파를 도왔다잖은가."

객잔 주인의 말에 상인이 고개를 갸웃거리며 되물었다.

"그게 말이 됩니까?"

"그건 또 뭔 소린가?"

"거 막가파란 곳이 흑도 아닙니까?"

상인의 질문에 객잔 주인이 고개를 끄덕였다.

"그렇지."

"그런데 개방이 흑도들 간의 쟁투에 낀다는 게 좀 이상하지 않습니까?"

상인의 말에 객잔 주인이 피식 웃었다.

"자네, 장사하려면 좀 더 주워듣고 다녀야겠어."

"뭐가요?"

"모르나? 막가파로 이름을 바꾸기 전에 한동안 이 근방 거지들은 거기에서 다 먹여 살린 걸."

"예에? 거지를 말입니까?"

객잔 주인의 말에 상인이 미처 몰랐다는 듯 놀란 눈으로 되물었다.

"그렇다네. 그땐 막가파가 미쳤나 했지만, 뭐 그 덕을 본 거지."

"막가파가 참 좋은 일을 많이 했나 봅니다."

"뭐, 막가파도 막가파지만 장 대사부가 사람 만들었다는 이야기도 있고."

"그래요?"

"여하간, 오래 있다가 갈 건가?"

객잔 주인이 말을 돌리자 상인이 고개를 끄덕이며 대답했다.

"아, 예. 물건도 좀 팔고 장삿거리가 될 만한 게 있는가 싶어 좀 살피려 합니다."

"흐흐흐, 그러면야 좋지."

"방 세 개만 주십쇼. 먹을 것도 대충 준비되면 내주시고요."

"알겠네. 야, 양일아! 손님 모셔라!"

"예!"

점소이가 뛰어오고 곧바로 상인들을 방으로 이끌었다.

점소이가 나가자 방 안으로 들어온 상인들의 표정이 싹 변했다.

"걸왕이 맞는 듯합니다."

아까 객잔 주인과 한참 말을 주고받았던 사내가 고개를

끄덕이며 대답했다.

"으음. 함께 작전을 수행했던 은월의 보고니까 맞겠지."

그는 상인으로 위장한 은월 칠 조장이었다. 그리고 동료 상인들은 은월 칠 조원들이었다. 그토록 오고 싶지 않았던 싸락골이었지만 어쩔 수 없었다.

"막가파가 살아남긴 했나 본데."

"걸왕의 개입이 빨랐던 모양입니다."

"개방 측에서도 일단 알면서 숨기는 모양입니다. 그저 흑도들 간의 다툼으로 알려져 있으니 말입니다."

또 다른 조원이 의견을 전달하자 은월 칠 조장이 고개를 끄덕이며 입을 열었다.

"일단 조심해야 한다. 왕곰파와 함께했던 이들의 정체를 이미 개방이 알았을 테니 말이야."

"알겠습니다."

"제일 먼저 막가파의 동정을 살피면서 일부는 장무위의 주변을 탐문한다. 무언가 있을 것이야. 막가파와 함께 동고 동락까지 한 고수가 이번 일에 개입을 안 했을 리가 없다."

"알겠습니다."

"각별히 조심해야 한다. 걸왕이 아직 있을 수 있으니 어떠한 경우에도 무력의 사용을 금한다. 다들 챙겨온 약을 먹 도록."

은월 칠 조장의 명령에 은월들이 품에서 콩알만 한 단환을 꺼내어 입에 털어 넣었다.

그것은 잠시 내력을 억제해 주는 약이었다. 단환을 복용함으로써 내력을 지닌 무림인이 아닌 일반인으로 보일 수 있도록 할 수 있었다. 일종의 금제와도 같았다. 물론 해약도 있었다. 만에 하나를 항상 대비해야 하는 것이 은월이기 때문이었다.

"그럼 모두 조심하도록."

"알겠습니다."

그때였다.

문이 벌컥 열리며 상인 하나가 놀란 기색으로 들어왔다.

"무슨 일이냐?"

그는 뒤늦게 따라오며 마을 동정을 더 살피던 은월 칠 조원이었다.

"개, 개방에서……."

순간 모두의 얼굴에 긴장감이 감돌았다.

"혹시 꼬리를?"

질문을 하는 은월 칠 조장의 얼굴에 긴장감과 비장미가 감돌았다. 이 짧은 순간에 오도 가도 못 할 상황이라면 전부 자결을 택하는 것까지 이미 고민을 끝낸 것이다.

"구지신개가 왔습니다!"

"구, 구지신개가?"

"그리고 화산의 장로로 보이는 이까지 동행한 것으로 파악되었습니다."

"화산까지!"

모두가 놀라는 사이 은월 칠 조장이 침중한 눈빛으로 창밖을 보았다.

"이렇게 빨리 모일 리가 없다. 지금 여기에 도착했다는 건 이미 사전에 이곳을 목표로 이동했다는 뜻인데."

고민해 보았지만, 답은 없었다. 은월 칠 조장이 한숨을 쉬며 중얼거렸다.

"와룡지처라도 된 것 같군. 이 싸락골이."

第二章

나누며 사는 장무위

"허, 이런. 한발 늦었습니다."

화산의 정천진인이 안타깝다는 음성을 내뱉자 개방주인 구지신개도 입맛을 다시며 중얼거렸다.

"이 양반이 연락도 없이 내빼다니……."

구지신개가 이 양반이라 할 이는 걸왕밖에 없었다. 구지신개는 이로써 걸왕이 개방을 통해 빼간 돈이 공중에 붕 떴음을 직감했다.

두 거물의 행차에 칼받이로 내몰린 광개는 어쩔 줄을 몰라 하며 서 있었다.

그로써도 청천벽력이었다. 걸왕이 그에게조차 상황을 제

대로 알리지 않고 뛴 것이었다. 물론 전언 한마디는 남겨 두었다.

송화에게 말이다.

그 전언은 간단했다.

'일이 있어 다녀올 테니 기다리고 있으라 해라.'

그 이상은 아무런 말도 없었다. 다만 사라진 인물 중에 장무위와 제갈장천이 있음을 알고 있기에 뭔가가 또 엮였다는 것 정도만 알 수 있었다. 하지만 아직 광개는 장무위가 조화검신의 비동과 관계가 있는 인물임을 제대로 알지 못하는 상황이기에 변명할 거리가 단편적일 수밖에 없었다.

"다녀오겠다고 하니 기다리면 되지 않겠습니까?"

정천진인만이 여유롭게 대답했다. 그때 광개가 조심스럽게 입을 열었다.

"그런데 싸락골에 두 분이 계실 만한 곳이……."

광개의 말에 정천진인이 눈을 휘둥그렇게 뜨며 되물었다.

"그게 무슨 말인가?"

"객잔에 방이 없습니다."

"허어, 아무리 이 동네가 외지다 하지만 작은 규모가 아닐진대……."

정천진인의 말에 광개가 머리를 긁적이며 대답했다.

"그게, 요즘 사람이 좀 몰렸나 봅니다. 물론 방이 있긴 합니다만, 그 장…… 어르신의 거처입니다."

"장 어르신이라면 혹시?"

광개가 어렵게 꺼낸 말에 정천진인이 눈을 빛냈다. 처음부터 그의 목적은 장무위를 만나는 것이었기 때문이었다.

"맞습니다. 그분입니다."

"그러면 더더욱 좋지 않소?"

"덧붙이자면 소요검선 어른과 걸왕 어르신도 그곳에 묵고 계십니다. 이번에 온 제갈장천 일행도 그곳에 묵었었고 말입니다."

그 말에 정천진인이 환하게 웃으며 대꾸했다.

"오히려 더 좋지 아니한가? 안내하게나."

"그런데 가격이 조금……."

광개가 조심스럽게 말을 꺼내자 정천진인이 대수롭지 않다는 듯 말을 받았다.

"허허, 걱정 말게나. 어서 안내나 하시게."

송화가 공손한 자세로 서 있었고 정천진인은 잠시 자신의 귀를 의심했다.

"어, 얼마라 하였는가?"

"은자 한 냥이옵니다."

"허⋯⋯."

말을 하는 송화 역시 고개를 푹 숙였다.

얼마 전에 제갈장천 일행이 왔을 때 여섯 명이 묵는 비용으로 은자 한 냥을 불렀었다. 그런데 정천진인에게도 은자한 냥을 부른 것이다. 물론 정천진인 외에도 두 명의 도사가 더 있었지만 말이다.

이는 장무위의 지시였다.

"방이 하나밖에 남지 않아서⋯⋯."

"어쩔 수 없지. 주시게나."

"네?"

"방 주시게나."

송화는 방을 달라는 정천진인의 대답에 멍하니 고개를 끄덕일 수밖에 없었다.

솔직히 그녀가 생각하기에도 값이 너무 비싸서 다른 곳으로 갈지 모른다는 생각을 했었기 때문이었다. 하지만 정천진인이 놀라기는 했지만 그대로 묵는다는 이야기를 하니, 가격을 부르고도 놀란 것이다.

"따, 따라오시지요."

송화는 정천진인 일행을 안으로 모시고 난 뒤에 밖으로

나왔다.

"취면개 아저씨."

"묵으신다던?"

"네."

"후우."

송화의 대답에 취면개는 한숨을 내쉬었다. 하지만 송화가 은자 한 냥을 건네자 두말 않고 받아 챙겼다.

"아저씨가 앞으로도 잘 부탁드린다네요."

"큼. 뭐, 어쩔 수 없지. 우리야 힘이 있나, 뭐."

은자 한 냥은 바로 거간비였다.

개방은 장무위의 협박과 회유로 인해 돈 되는 손님을 무위관으로 몰아오고 있었던 것이다. 제갈장천 일행의 경우에도 마찬가지였다.

애초에 이곳은 막가파의 영역이기에 객잔에 방이 없다고 말하는 것은 별문제가 되지 않았다. 그런 상황에서 개방은 손님을 이곳으로 모셔오고 거간비를 받는다.

이게 다 장무위의 머릿속에서 나온 발상이었다. 어차피 지금 오는 이들은 장무위를 보려고 오는 이들이라는 것을 알고 있었다. 그렇기에 이런 바가지가 통할 수 있었던 것이다.

게다가 장무위는 이득을 혼자 먹지 않았다.

이렇게 거간비를 나누어 줌으로써 공범을 만들어 버리니, 개방 입장에서도 최선을 다해 일을 처리할 수밖에 없었다. 물론 걸왕이 걸렸으나 그 역시 장무위의 눈칫밥을 먹고 있는 마당이라 알고도 모른 척했다.

거간비를 챙기고 돌아선 취면개는 한숨을 내쉬었다.

"힘이 없으니 시키는 대로 해야지."

입으로는 그렇게 투덜대면서도, 내려가는 취면개의 발걸음은 그 어떤 때보다도 가벼웠다.

"이, 이건!"

방을 안내받고 나서 잠시 밖으로 나왔던 정천진인은 담벼락 앞에서 얼어붙은 듯 서 있었다.

"허어!"

구지신개 역시도 마찬가지였다.

그 역시 정천진인의 옆에 서서 멍한 표정을 지었다. 그들의 눈앞에 익숙한 벽화의 일부가 그려져 있었던 것이다.

"어찌 여기에⋯⋯."

벽화는 일부만 공개되어 있었다.

나머지는 거적 비슷한 것으로 가려져 있었다. 그 거적으로 가려진 나머지 벽화도 확인하려 걸음을 옮기자 그 발걸음을 막는 존재가 있었다.

"이거 보시려구요?"

만덕이었다.

"그, 그래. 좀 보아야겠구나."

너무도 놀란 덕에 만덕에게 말을 더듬는 정천진인이었다. 그러자 만덕이가 손을 내밀었다.

"한 분당 은자 반 냥이요."

"……."

"허."

정천진인은 말을 잃었고, 구지신개는 혀를 찼다.

"도, 돈을 받느냐?"

"에이. 안 그러면 왜 가려 놓았겠어요."

"그, 그런 것이냐?"

정천진인의 반문에 만덕은 대답 대신 눈을 말똥말똥 뜨고 그를 바라보았다. 그때 여아 둘이 다가와 마찬가지로 앞에 서서 말했다.

"우리 할아버지도 돈 냈는데."

"장 대사부 아저씨가 세상사 날로 먹으면 체한댔어요."

이령과 소화였다.

"너는? 소요 선배 손녀가 아니더냐."

"안녕하셨어요."

이령을 알아본 정천진인에게 이령이 허리를 꾸벅 숙이며

인사했다. 그러고는 반짝거리는 눈빛으로 둘을 바라보았다.

마치 '돈 안 내실 거예요?' 라고 물어보는 듯했다.

"그, 둘이니 은자 한 냥이겠구나."

"네."

"자, 여기 있다. 은자 한 냥이다."

정천진인이 은자를 내밀자 옆에 있던 구지신개가 미안한 시선을 보내며 말했다.

"내 다음에 갚아 드리리다."

"알겠습니다."

"……."

예의상이라도 거절할 줄 알았던 정천진인이 알겠다고 대답을 하자 구지신개가 똥 씹은 얼굴을 했다.

'쪼잔하게.'

하지만 그것도 잠시, 세 아이가 거적을 치우자 가려져 있던 나머지 벽화의 진면목이 드러났다.

그러자 탄성이 흘러나왔다.

"역시!"

"어찌 이것이 이곳에 있을꼬?"

두 사람 다 조화검신의 비동을 보았다. 당연히 그 안에 그려져 있던 벽화를 기억했다. 그것이 비동이 아닌 이곳에 그려져 있다는 것이 놀랍기만 했다.

"역시 이유가 있었구려."

걸왕과 소요검선이 이곳에 있던 이유를 둘은 직감할 수 있었다. 동시에 인재 확보에 대한 열망으로 정천진인의 의욕이 그 어느 때보다도 불타올랐다.

"으음."

구지신개는 정천진인과는 입장이 달랐다.

그는 걸왕이 장무위와 붙어서 깨진 사실을 어렴풋이 짐작하고는 있었으나, 자세한 내막은 알 수가 없어 의문스럽게 여기던 참이었다.

화경의 고수를 꺾을 강자가 갑자기 나타났다는 건 이해가 되지 않았다. 그러던 것이 눈앞의 벽화를 통해 어느 정도 이해가 된 것이다.

'조화검신의 후인인 것인가?'

구지신개는 곧바로 돌아가 광개를 통해 그의 정보를 확인해야겠다고 마음먹었다.

"오빠, 우리 이제 부자 되는 거야?"

"히힛! 당연하지!"

"역시 울 자기 짱이다!"

"음화화화화!"

소화와 이령이가 반짝이는 은자를 두고 만덕을 칭찬했다.

"그런데 오빠, 장 대사부 아저씨에게는 얼마나 드리기로 한 거야?"

"수입의 절반."

"칫, 욕심쟁이."

이령이가 입술을 삐죽였지만, 만덕이는 조심스럽게 대답했다.

"대신 누나에게는 이 수입에 대해서 이르지 않겠다고 약속했다."

"오오!"

"히힛!"

만덕과 소화 입장에서는 누나가 가장 큰 걸림돌이었다. 아마 송화가 안다면 대번에 빼앗길 게 뻔했다. 하지만 장무위는 그 부분을 차단해 주기로 약속했다. 아이들의 심리를 확실하게 파악한 거래였던 것이다.

장무위는 결코 혼자 먹지 않았다.

*   *   *

"뭐 좀 알아내었나?"

"이상한 것이 장무위가 보이지 않습니다."

"그래?"

은월 칠 조장의 반문에 장무위의 거처 부근을 탐문하던 은월이 고개를 끄덕였다. 그리고 다른 은월이 또 새로운 보고를 했다.

"그리고 막가파가 거점을 팔았습니다."

"거점을?"

"무위장으로 모두 들어간다더군요."

"무위장이라면?"

이름만 들어도 느껴지는 것이 있었다.

"장무위가 그들을 거두어들였다고 합니다."

"으음."

"아마도 세력을 만들려는 것 같습니다."

"흑도들을 모아서 뭘 어찌한다고……."

은월 칠 조장이 이해되지 않는다는 듯 고개를 내저었다. 그때 또 다른 은월이 보고를 올렸다.

"게다가 정천진인이 장무위의 거처로 들어갔습니다."

"그런가."

"예, 그런데 그게 좀……."

은월이 약간 이상하다는 듯 말끝을 흐렸다.

"뭔가?"

"장무위가 객잔을 운영하고 있다고 합니다."

"객잔? 그게 무슨 소리인가?"

은월 칠 조장이 눈을 휘둥그렇게 뜨며 되묻자 은월이 머리를 긁적이며 대답했다.

"그 집 안으로 들어간 이들이 모두 돈을 주고 묵고 있다는 첩보입니다."

"그걸 어찌 알았나?"

"아까 객잔 주인이 투덜거리던데요."

"……."

"상도덕을 개무시한다고……."

장무위는 갈수록 별 짓을 다하는 인간이었다.

*   *   *

변동 사항 — 객잔을 운영하기 시작함.

특이점 — 엄청난 바가지를 씌움.

부들부들!

쪽지를 받아 본 위지무의 손이 부르르 떨렸다. 두 눈은 충혈되어 있고 입술은 씰룩였다. 하지만 그러한 상황은 오래가지 않았다.

"크아악!"

좌아악! 쫙!

손바닥보다 작은 종이를 어떻게 그리 잘게 찢을 수 있는지, 놀라울 정도로 자잘하게 찢어 발겼다.

"후욱!"

위지무는 언젠가부터 싸락골에서 올라오는 보고만 받으면 머리 한쪽이 지끈거리기 시작했다. 그만 한 고수가 편두통을 앓는다는 것 자체가 웃긴 일이었다.

쪽지를 찢은 뒤로도 여전히 씩씩거리는 위지무를 보며 은월대주가 조심스럽게 입을 열었다.

"칠 조…… 소환할까요?"

"됐다. 칠 조 탓이겠느냐."

이제는 위지무도 이런 보고를 받았을 때 그게 은월 칠 조 탓이 아님을 알았다. 다만 볼 때마다 열불이 치솟는 건 어쩔 수 없었다.

"이젠 무시하기도 힘들게 되었군."

날아온 보고는 두 개였다.

그중 하나가 방금 찢어버린 장무위에 대한 중간 보고였고, 다른 하나는 개방의 방주 구지신개와 화산의 정천진인의 방문을 알리는 내용이었다. 그 외에 직접 눈으로 보지는 못했지만 제갈세가의 절검대가 들어왔던 것을 확인했다고도 했다. 그렇다면 제갈세가에서도 틀림없이 누군가가 방문을 했을 것이다.

다만 그 인원들이 전부 장무위가 운영한다는 객잔을 빙자한 초옥에 들어가 있으니 더 이상의 염탐이 어려울 뿐이다.

"노린 것인가?"

위지무가 눈살을 찌푸린 채로 중얼거리자 은월대주가 조심스럽게 답했다.

"그냥 한 거겠죠."

"으음."

꼭 사람을 겪어 봐야만 아는 것은 아니다. 겪어 보지 않아도 그 사람이 어떤 인간인지 알 수 있는 경우도 있다.

그중 하나가 장무위라는 인간이다.

초반에는 장무위에 대한 보고가 이어질수록 혼란만 가중되었다. 그러나 지금은 어느 정도 장무위란 인간에 대해 파악이 되었다. 정보를 분석하는 분석 요원들은 그를 이 한마디로 정의했다.

'개처럼 벌어서 한량처럼 쓰는 인간.'

돈에 눈이 먼 것처럼 보이지만 그렇다고 재산을 쌓는 데 목숨을 건 인간은 아니었다. 돈이 쌓이면 씀씀이도 커져 펑펑 쓰고 다니기도 했다. 그 모양새를 보면 놀고먹기 위해

번다고 봐야 했다.

이형환위의 고수로 파악되는 이가 하는 짓이 겨우 그 정
도라니 믿을 수 없는 일이지만, 여태 드러난 정보를 보면
그게 정답이었다. 다만 이전보다는 조금 더 세밀한 정보가
필요했다.

"일단은 두고 보지."

위지무의 한숨 섞인 음성에 은월대주는 고개를 살짝 숙
이고는 그의 거처를 빠져나왔다.

*　　　*　　　*

"아, 제길. 여길 또 왔네……."

제갈장천을 따라 비동 근처의 산길을 오르던 장무위의
입에서 한숨 섞인 혼잣말이 흘러나왔다. 그 음성을 들은 일
행들은 다시 한 번 확신할 수 있었다.

조화검신의 비동이라고만 하고 목표 지점을 이야기해 주
지도 않았는데, 근처에 온 것만으로도 목적지에 가까워졌
다는 것을 알고 중얼거린 것이다.

잠시 후, 철통같은 경비를 펼치고 있는 정도맹의 무사들
을 지나쳐 비동이 펼쳐진 절벽 입구에 도착했다.

"쩝."

절벽을 바라보자 지나간 기억이 새록새록 떠올랐다. 비록 복수는 했다지만 당시 늑대들에게 쫓겼던 기억은 다시 되새겨 봐도 별로 유쾌하지 않았다.

그 덕에 사백 년의 시간을 헛짓으로 보내지 않았는가.

물론 지금은 그때 한 일이 자양분이 되어 잘 먹고 잘 사는 데 보탬이 되고 있었지만 말이다.

"이곳이 맞습니까?"

"그렇소."

"우리가 왔을 땐 이곳에 절진들이……."

제갈장천의 설명이 채 끝나기도 전에 장무위의 답변이 흘러나왔다.

"만약 그런 게 있었다면 아마도 여길 다 박살 냈을 것이오."

점잖게 말했지만 장무위의 얼굴은 그다지 좋지 않았다. 청령삼재무한시공진이라는 쓰잘데기 없이 이름만 긴 진법을 겨우 벗어났는데 또 진법이 널려 있었다면, 아마 반쯤 미쳐버렸을 것이다.

"으음."

제갈장천을 비롯한 소요검선과 걸왕의 표정이 살짝 굳어졌다. 다른 누군가가 인위적으로 만든 진법이라는 결론이 나온 것이다.

"일단 드시지요."

제갈장천이 안내를 시작했지만 장무위는 익숙한 듯 먼저 걸음을 옮겨가기 시작했다. 그 덕에 일행들이 그 뒤를 따르는 꼴이 되었지만, 그것도 나쁘지 않았다. 장무위가 확실히 이곳을 잘 안다는 방증이기 때문이었다.

절벽을 타고 내려와 가볍게 입구에 내려선 장무위가 비동으로 들어섰다. 꺼져버린 야명주, 그리고 서책과 영약 단지가 놓여 있던 돌 탁자를 보며 장무위가 인상을 찌푸렸다.

모든 게 그대로였다.

"여기에 비급과 영약이 있었소."

"으음."

그렇게 간단한 설명을 한 뒤 걸음을 옮기자, 활짝 열려 있는 비동 입구가 눈에 들어왔다.

장무위가 갑자기 걸음을 멈추었다.

"왜 멈추십니까?"

"영 찜찜해서 말이오."

제갈장천의 질문에 장무위가 정말 가기 싫다는 표정을 지었다. 돈 준다고 해서 신 나게 오긴 왔는데, 막상 입구에 들어서려니 덜컥 겁이 난 것이다. 이 안에서만 사백 년을 지냈는데 만약 또 갇히면 어쩌나 싶었던 것이다.

소요검선과 걸왕, 그리고 현도 일행은 정말 싫다는 티를

팍팍 내고 있는 장무위를 보며 알 듯 말 듯한 표정을 지었다.

그때 장무위가 제갈장천을 돌아보며 물었다.

"이거 당신들 들어왔을 때 닫히지는 않았소?"

"역시 기관이 있었군요. 일단 닫히는 구조임에는 분명하나 더 이상 작동하지 않는 것으로 확인되었습니다."

"흐음."

장무위가 다시 문을 바라보자 제갈장천의 설명이 뒤를 이었다.

"보통은 기관으로 여닫는 비동들이 대부분입니다만, 이곳은 진법을 운용하여 기관을 대체하는 형식이었던 것으로 분석하고 있습니다. 물론 누군가 그 부분을 훼손하여 더는 알 수 없었지만 말입니다. 아깝더군요. 그 부분만 알아낼 수 있다면 진법 연구에 큰 도움이 되었을 텐데요."

제갈장천의 설명을 듣던 장무위의 얼굴이 시시각각 변했다. 처음에는 움찔거렸다가 뒤로 갈수록 아깝다는 표정을 지었다. 그 모습을 보고 일행들은 여러 가지 생각을 동시에 떠올렸다.

'허허, 얼마나 갑갑했으면.'

소요검선이 이해한다는 듯 고개를 끄덕이며 생각했고,

'이 인간이 부쉈구나!'

그럼 그렇지 하는 게 걸왕의 생각이었다.

'분명 돈 받고 팔아먹을 걸 그랬다고 생각했을 거다.'

그리고 청운과 다른 두 사제의 생각이었다.

다만 현도는 처음으로 장무위와 비슷한 반응을 보였다.

'나 같아도 부쉈겠군.'

깨달음의 부작용인지 장무위 탓인지 점점 과격함이 본능적으로 튀어나오는 현도였다.

"뭐, 더는 닫히지 않는다니 가 봅시다."

장무위가 걸음을 옮기자 제갈장천과 일행들이 그 뒤를 따랐다.

안으로 들어선 장무위가 갑자기 뒤를 홱 돌더니 입구를 노려보았다.

"……확실히 안 닫히는구나."

장무위가 안도의 숨을 내쉬자 잠깐이나마 긴장했던 일행들이 한숨을 내쉬었다. 하지만 그뿐이었다.

돌무덤 같은 곳 앞에선 제갈장천이 장무위의 눈치를 보며 입을 열었다.

"이곳은 대체 뭐하던 곳이었는지는 모르겠지만, 조화검신의 이야기가 적혀 있었습니다."

"침상이오."

"네?"

"내가 자던 곳이오."

"아……."

물론 수련하라고 만들어 놓은 반석이다. 내공을 수련하라고 만든 반석이 침상으로 변했다. 그리고 그 침상을 보며 장무위의 입에서 나지막한 욕설이 튀어나왔다.

"썩을……."

저기서 자다가 갇혔으니 욕이 나올 만했다.

장무위가 기억을 더듬듯 걸음을 옮겼다. 그의 걸음이 멈춘 곳은 이끼가 있던 곳이다. 지금은 아무것도 없었다.

"아, 이곳은 석균이 자라던 곳으로 추정됩니다. 우리가 들어왔을 때는 말라 버린 것들의 일부만 채취할 수 있었습니다."

"내 밥이오."

"네?"

"이거 먹고 살았소."

"아……."

퉁명스러운 대답에 제갈장천이 고개를 끄덕였다. 그러면서 의미심장한 시선을 보내었다.

'만년 석균은 아니지만, 신체를 깨끗이 하고 자연기를 채워주는 석균을 식사로 삼았군.'

마른 것만으로도 꽤나 좋은 효능을 보여주었다. 다만 이미 말라 버린 상태라 그 아쉬움이 컸었다. 그런데 그것을 식사 대용으로 삼았다고 하니 상당한 내력 증진이 있었을 것이라고 추측할 수 있었다. 제갈장천의 눈치를 읽은 걸왕이 뭔가 알아챈 듯 입을 열었다.

"꽤나 좋은 거라 하던가?"

"예. 장복을 하게 되면 영약과도 같은 효과를 주었을 것이라 생각됩니다. 일반인이라도 몇 개월을 먹으면 무병장수를 할 정도니까요."

"그 정도인가?"

걸왕이 깜짝 놀라 되묻자 제갈장천이 대답했다.

"예. 한 번에 큰 힘을 주지는 않지만, 길게 섭취를 하면 그 효과는 여타 심법보다도 나을 겁니다."

"허……."

제갈장천의 대답에 일행들이 일제히 장무위를 바라보았다.

몇 개월만 먹어도 무병장수할 그런 이끼를 사백 년이나 먹었으니 부러운 것이다. 게다가 걸왕은 비로소 장무위의 무지막지한 내력의 근원을 알게 된 것이다.

"똥만 구리던데……."

제갈장천의 말을 듣고도 장무위는 투덜거림뿐이었다. 달랑 이끼만 먹었는데도 그 똥은 엄청나게 구렸다. 물론 장무위는 모르겠지만 그게 다 몸 안의 사기와 노폐물의 정화였던 것이다.

"그리고 이곳은……."

"물 마시던 곳이오."

장무위가 샘이 나오던 곳을 보며 짧게 대답했다. 그러자 제갈장천이 환하게 웃으며 설명을 덧붙였다.

"맞습니다. 용천석수라 하여 이끼와 마찬가지로 자연기를 담은 샘이 있었던 것으로 확인했습니다. 내력 증진은 물론 오성을 열어주는 데 탁월하다고 합니다. 물론 거의 남아 있지 않은 덕에 겨우 알아낸 것입니다만."

제갈장천의 설명에 장무위가 오랜 기억 하나를 끄집어내었다.

"이거 퍼서 목욕했다가 며칠 동안 물 못 먹어서 미칠 것 같았지."

순간 모두가 속으로 욕했다.

'이 아까운 걸!'

第三章

비동의 비밀은 풀렸다

　장무위는 앞으로 한 천 년 정도는 너끈히 살 수 있는 욕을 먹으며 제갈장천을 따라 움직였다. 한쪽으로 간 제갈장천이 약간은 의문이 섞인 음성으로 말문을 열었다.

　"문제는 이곳입니다. 다른 곳과 달리 이곳은 독기가 서려 있는 것을 발견했습니다."

　"독기?"

　제갈장천의 말에 걸왕이 고개를 갸웃거렸다.

　조화검신이 독을 다루었다는 이야기는 전해지지 않았기 때문이었다.

　그 대답은 장무위에게서 나왔다.

"아, 여기는……."

장무위가 말을 하려다가 뒤를 흐리자 일행들의 시선이 그를 향해 집중되었다. 무언가 장무위의 또 다른 비밀이 나오는 순간이라고 생각한 모양이었다. 그들의 시선을 받으며 장무위가 뒷머리를 긁었다.

"이게 좀……."

"설마 독공도 있었던 겁니까?"

현도가 놀라서 질문했다. 그러자 장무위가 미안한 표정으로 대답했다.

"하긴 독이 되기도 하겠네."

장무위의 대답에 모두가 새로운 사실을 알았다는 표정을 지었다. 이 정도의 고수가 독까지 다룬다면 그야말로 무서운 것이다.

장무위의 말이 이어졌다.

"똥독도 독이겠지?"

모두의 표정이 일그러졌다.

그러거나 말거나 장무위가 히죽 웃으며 대답했다.

"뒷간 이거덩. 여기가."

"……."

사백 년간 응가를 이곳에 한 것이다. 그리고 그 정화가 모여 독성을 띠게 된 것이다. 순간 제갈장천의 얼굴이 일그러졌다.

"우읍!"

"자네, 왜 그런가?"

소요검선의 질문에 대답할 겨를도 없이 한쪽으로 달려가
헛구역질을 하는 제갈장천이었다. 그를 본 걸왕이 헛웃음
을 흘리며 대신 대답했다.

"저 오지랖. 먹어 봤군."

걸왕의 중얼거림에 소요검선이 눈을 동그랗게 뜨며 물었
다.

"독공도 익혔던가?"

"정보를 다루는 입장에서 필요하니 기본적인 독에 대한
분석을 해 보았을 거요. 독에 대한 내성도 있을 테니. 뭐,
심각한 독이 아니라면 찍어 먹어보는 것도 분석의 한 방편
이고……."

"그럼 똥을 찍어 먹……."

걸왕의 대답을 들은 청운이 멍한 표정으로 입을 열다가,
구토하던 중에 살기를 띤 채 그를 노려보는 제갈장천의 시
선을 느끼고 서둘러 입을 닫았다.

'정도맹의 군사가 똥 찍어 먹었다!'

조만간 이런 소문이 돌지도 모른다는 생각을 하는 청 자
배 제자들이었다.

"거참, 그걸 뭣하러 먹누."

장무위가 구토를 하고 있는 제갈장천의 뒷모습을 보며 허허롭게 웃었다. 그리고 일행들은 다시 한 번 장무위를 바라보았다.

'지가 싸질러 놓고선!'

잠시 후 창백한 표정의 제갈장천이 되돌아오자 장무위는 약간 미안한지 고개를 휘휘 돌렸다. 그러다가 벽에 잔뜩 그려져 있는 그림에 시선이 닿았다.

저벅.

장무위의 걸음이 마치 지남철에 이끌리듯 움직이기 시작했다.

한 걸음 한 걸음 내디딜 때마다 그의 시선 속에 담겨가는 것은 그리움이었다.

"그대로구나……."

멍하니 벽화를 바라보던 장무위의 입에서 아련한 음성이 흘러나왔다.

손을 들어 벽을 쓰다듬었다.

우둘투둘거리는 것이 그저 벽에 그려진 그림일 뿐인데도 그것을 바라보는 장무위의 시선은 그리운 이를 만난 것과 같았다.

"난 변했나?"

그 앞에서 장무위가 고개를 갸웃거렸다.

분명 삶은 변했다.

이제는 이전처럼 남한테 휘둘리지 않는 삶을 살고 있었다. 죽음을 피해 다니던 삶이 아니라 더 나은 내일을 꿈꾸는 삶이었다. 그것만으로도 많은 부분이 변했다는 것을 느꼈다.

장무위가 뒤를 돌아보며 입을 열었다.

"나 잘 살아가고 있는 거지?"

막우나 송화 등을 제외하고 유일하게 그를 잘 안다고 할 수 있는 이들에게 던진 질문이었다.

내가 지금까지 살아온 모습을 물었다. 잘 살아왔느냐고.

걸왕이 대답했다.

"잘 살긴 개뿔, 막 산 거지. 헙!"

순간 속으로 해야 할 말이 입 밖으로 튀어나왔다.

"……."

장무위는 걸왕의 솔직한 대답에 말없이 주먹을 말아 쥐었다.

쾅!

"무, 무슨 일이지?"

비동을 지키던 정도맹 무사들이 갑자기 울려나온 굉음에

놀라 눈을 휘둥그렇게 떴다. 일부는 각자 무기를 뽑아 들고 안으로 진입하려 했다.

그때 비동 안에서 현도와 청 자 배 일행들이 제갈장천과 함께 나오며 그들을 만류했다.

"들어갈 필요 없네."

군자 매화검 현도의 제지에 정도맹 무사들이 잠시 멈칫했다. 제갈장천이 얼떨떨한 표정으로 현도에게 질문을 던졌다.

"이게 무슨 일입니까?"

그의 질문에 현도가 약간 씁쓸한 웃음을 입에 매달며 대답했다.

"워낙 친한 분들이라 가끔 이럽니다."

"하지만……."

"소요검선께서 계시니 걱정 안 하셔도 됩니다."

소요검선의 이야기가 나오자 제갈장천은 고개를 끄덕였다. 하지만 아직도 제갈장천의 얼굴에는 놀라움이 가득했다. 그뿐 아니라 절검대주 제갈유 역시 얼굴이 딱딱하게 굳어 있었다.

'그 정도였는가?'

장무위가 주먹을 들어 올린 이후의 동작을 순간 놓쳐버렸다. 문제는 그것뿐만이 아니었다. 장무위가 주먹을 날린

이는 다름 아닌 바로 걸왕이었다.

화경의 고수인 걸왕을 향해 서슴없이 주먹을 날렸고, 이어서 그들은 그 주먹을 막은 걸왕이 뒤로 튕겨 나가는 광경 또한 목격했다. 화경의 고수가 방어를 했음에도 밀려 나갔다는 것은 적어도 같은 화경의 고수는 된다는 뜻이다.

물론 걸왕 등에게 편히 대하는 모습을 두고 꽤나 교분이 깊구나 하고 생각했었지만, 단지 교분이 깊어서가 아니라 그만한 강함이 있기 때문이라는 생각이 들기 시작한 것이다.

제갈장천의 눈이 현도를 향했다.

말은 안 했지만 그가 장무위의 곁에 있는 이유를 알 것 같았다. 게다가 일전에 군자 매화검이 기인의 도움을 받아 깨달음을 얻었다는 이야기가 있었는데 그게 바로 장무위임을 알 수 있었다.

마찬가지로 이로 인해 싸락골에서 심심찮게 들려오던 거지들의 성자나 이형환위의 고수가 경극을 펼친다더라 하는 웃지 못할 이야기들의 주인공 역시 바로 장무위임을 직감할 수 있었다.

제갈장천의 눈이 똘망똘망해지는 것을 본 현도와 청 자 배 제자들은 그가 무슨 생각을 하는지 알 수 있었다.

'이거 호구가 하나 더 늘겠구나.'

안 봐도 훤했다.

그들이 아는 장무위라면 충분히 제갈장천의 골수를 쪽쪽
빨아먹고도 남을 것이라는 결론을 내렸다.

*   *   *

"젠장!"

걸왕이 눈두덩을 비비고 있었다.

기어이 한 대 얻어맞은 것이다. 그나마 미운 정도 정이
라고 그런지 그것만으로 끝났다. 더 이상 손을 쓰지는 않았
다. 시도 때도 없이 살인멸구 운운할 때와 비교해보면 장족
의 발전이었다. 하지만 걸왕은 여전히 불만이었다.

"선배, 그 양반 보셨소?"

"보았네."

"젠장, 이젠 내력의 발출이 자연스러워졌더이다."

"훌륭한 수련 상대가 있어서지 않겠는가?"

"끄응."

걸왕의 입에서 신음이 흘렀다. 그 수련 상대가 바로 본인
이었기 때문이었다.

"이 무지막지한 인간이 더 강해진다니 강호의 비극이
오."

"허허, 건들지만 않으면 나쁠 것도 없지 않은가?"

"사람들이 그 괴물을 가만 놔두겠소? 당장 제갈장천 그 녀석의 눈빛이 변했는데."

"……."

걸왕의 말에 소요검선은 침묵했다. 그 침묵에는 걱정이 서려 있었다. 소요검선이 안타까운 어조로 말했다.

"세상에는 그저 그 자리에 있어야 할 것들이 있는 법인데."

"끙. 그 말 정답이오, 소요 선배. 그 양반은 그냥 비동에 있었어야 했소."

콰앙!

"너 뭐라고 그랬어!"

"이런 오라질! 이젠 엿듣기도 하냐!"

갑자기 문을 부수고 나타난 것은 역시나 장무위였다. 장무위의 행동에 걸왕이 지지 않고 한마디 던졌다. 하지만 대답은 옆에서 나왔다.

"미안하네. 내가 놀러 오라고……."

소요검선이 미안한 표정을 짓고 있었다.

"에이씨!"

걸왕은 날아오는 장무위의 주먹을 막으며 소요검선에게 왜 그랬냐는 의미를 담은 시선을 던졌다. 말은 없었지만 그

뜻을 알아차렸는지 소요검선이 다시 한마디 흘렸다.

"화해나 했으면 해서……."

콰쾅!

소요검선의 의도와는 달리 벽면이 박살 나는 순간이었다.

"무, 무슨 일이오!"

자다가 뛰쳐나온 제갈장천을 아까와 마찬가지로 현도가 나와 막아섰다.

"두 분이 우애를 다지는 중입니다."

"뭔 우애를 저렇게……."

험악하게, 자주 나누냐는 시선을 보내었다. 하지만 현도의 씁쓸한 표정을 보고서는 말을 아꼈다. 자신이 모르는 뭔가가 더 있다는 것을 그의 미소에서 느꼈기 때문이었다.

"익숙해지는 게 좋습니다. 그리고 워낙 오랫동안 사람을 만나지 못하고 비동에서 살았기에 사람과 맞부딪치는 게 익숙하지 못한 분입니다."

"얼마나 오래 살았다고……."

제갈장천은 현도의 이야기에 의문이 들었다.

외관상으로 봤을 때 장무위는 겨우 이삼십 대로 보였다. 물론 환골탈태나 반로환동이라는 경지도 있기는 했다. 하지만 그와는 달라 보였기 때문이었다.

현도는 의문이 가득 담긴 얼굴을 한 제갈장천에게 속 시원히 대답을 해주지 못하고 쓴웃음만 지을 뿐이었다.

'사백 년……이라고 말한들 믿기는 할까?'

본인들도 못 믿는 사실을 이야기해 봐야 소용없다고 판단하는 현도였다.

*　　*　　*

"결국 음모였다는 건데."

제갈장천은 이번 조화검신의 비동을 둘러싼 일련의 사건이 누군가의 음모임을 확신했다. 장무위의 증언을 통해 그가 비동을 나섰을 때에는 진법이 없었음을 확인했다.

그리고 찢어진 비급 역시 장무위가 아닌 다른 누군가가 어떤 이유로 푼 것이라는 게 증명된 지금, 그 배후가 누구이며 어떤 이유에서 행한 일인지를 확인할 필요가 있었다.

제갈유가 조심스럽게 입을 열었다.

"아무래도 전마성이지 않겠습니까?"

"그렇겠지."

가장 가능성이 높은 것은 역시나 전마성이었다. 꽤나 시간을 잡아먹게끔 정교하고 복잡한 절진을 만들 만한 단체는 그리 많지 않았기 때문이었다.

또, 만드는 것 역시 언제 만들었는지도 모르게 은밀하게 시행됐다는 점도 전마성을 의심하게 하는 부분이었다.

"그런데 놈들이 왜 이런 무의미한 짓을 했을까요? 아무런 피해도 없고, 의혹만 살 일인데 말입니다."

"무의미한 건 아니지."

"무의미한 게 아니라니, 어떤 의미이십니까?"

잘 이해가 되지 않는지 제갈유는 제갈장천을 향해 의문의 눈길을 보내었다.

"장 대협께 사실을 확인하기 전까지, 우리는 이 비동에 음모가 있었다는 것을 확신할 수 있었는가?"

"그건……."

제갈장천의 질문에 제갈유는 답을 내어놓지 못했다. 그의 말대로 비동은 있었지만, 그저 이미 누군가가 차지하고 난 빈 껍데기 정도로 판단을 내렸었다. 함정이라고 한다면 그에 걸맞은 장치가 있거나 위험 요소가 있었어야 했는데 그렇지 않았기 때문이었다.

오히려 비동을 처음 발견했을 때에는 음모일지도 모른다는 의식이 있었지만, 막상 발굴이 끝난 뒤에는 그런 의심이 사라지고 없었다.

만약 장무위가 확인해 주지 않았다면 배후가 있을 거라

고는 아직도 생각하지 못했을 것이다.

"함정 같은 게 없었기에 음모가 아니라고 생각하지 않았던가."

"그렇습니다."

"굳이 알맹이가 없어도 어느 정도 이목을 집중시켜서 혼란을 불러왔던 상황임을 생각한다면, 단순히 함정을 만들어 두는 것 이상의 뭔가가 충분히 있을 수 있다는 것일세."

"이목을 이곳에 집중시키고 무언가를 꾸민다는 말씀입니까?"

제갈장천이 무거운 표정으로 고개를 끄덕였다.

"맞네. 다만 다행인 것은 기연 사냥꾼인지 뭔지 하는 이 덕분에 혼란이 적었고, 덕분에 조화검신이라는 이름에 비해서 이 비동을 발굴하는 게 수월했다는 점이지."

"그나마 다행이라 할 수 있겠군요."

제갈유의 말에 비로소 약간 표정을 푼 제갈장천이 명령을 내렸다.

"일단 이 사실을 맹에 알려서 이목이 이곳에 쏠린 동안 놈들이 무슨 짓을 했는지 조사할 수 있도록 하고, 그간의 동향을 파악하라고 하게."

제갈장천의 명령에 제갈유가 의아한 표정을 지으며 질문했다.

"맹으로 돌아가시는 게 아닙니까?"

제갈유의 질문에 제갈장천이 천천히 고개를 내저으며 대답했다.

"개인적인 일을 처리해야지."

"개인적인 일이시라면?"

제갈유가 눈을 빛내며 되물었다.

"싸락골에 볼일이 생겼어."

그의 질문에 대답을 내놓는 제갈장천의 눈이 반짝거리기 시작했다.

*　　　*　　　*

"식사 맛있게 하십시오, 손님!"

각이 살아 있는 모습으로 절도 있게 허리를 푹 숙이며 예를 올리는 모습이 영락없는 건달, 혹은 흑도다.

"허헛……."

식사를 받은 정천진인은 뒤로 물러가는 사내를 보며 너털웃음을 흘렸다. 그는 식사를 할 생각도 하지 않고 고개를 돌려 보았다.

이리저리 정돈을 하고 청소를 하며 열심히 객잔을 쓸고 닦는 사내들이 그의 시야에 들어왔다. 하나같이 우락부락

한 게 객잔의 직원들이라 보기에는 무리가 있었다.

"다녀오셨습니까요, 행님!"

저쪽에서 한 사내가 들어오자 모두가 일손을 멈추고 동시에 허리를 숙인다. 역시나 이상한 광경이었다.

"밥 식소이다."

"아, 식사하시지요."

개방주 구지신개 천만개의 채근에 정천진인이 식사를 시작했다.

"저기 짓고 있는 것도 장 대협의 소유라지요?"

"뭐, 그렇소이다. 무위장이라 해서 장원으로 삼는다던데……."

"흑도들을 거두었다지요?"

"그렇다 하더이다. 오다가 들은 대로 전마성의 무리가 섞인 왕곰파의 습격을 받아 많이 상한 이들을 거두었다고 하오."

"성격은 어떻다고 합니까?"

"……."

탁!

천만개가 밥 먹던 젓가락을 상 위에 내려놓으며 말했다.

"정보는 땅 파서 나온답디까?"

"허헛, 그냥 궁금해서……. 식사 좀 더 드시지요. 아니,

그보다 목이 컬컬한데 술이라도 한잔하지요.”

장무위에 대한 정보를 날로 먹으려던 정천진인은 서둘러 술을 시켜 심통이 난 천만개를 달래었다. 구지신개 역시 젓가락을 다시 들며 속으로 툴툴거렸다.

‘고작 밥 한술 사주면서 꼬치꼬치 캐묻기는.’

* * *

제갈장천의 요청대로 비동에 와서 이것저것 확인을 시켜준 장무위는 다시 싸락골로 되돌아가기 위해 산을 나왔다.

그의 시야에 조화검신의 비동이 들어왔다.

“……”

미묘한 감정이 녹아들은 시선을 주던 장무위가 미련 없이 뒤돌아섰다. 그토록 치를 떨었던 곳이건만 다시 오니 묘하게도 뭔가 가슴을 찌르르 흔드는 게 있었다.

고향을 맞이하는 것과는 다른 감정이었다.

한동안은 치를 떨었고 또 이곳에 오기 전까지는 말을 꺼내는 것조차 싫어했지만, 막상 도착하니 그저 아련하기만 했던 것이다.

“뭐, 이제는 지나간 일일 뿐인 건가.”

제갈장천의 설명을 듣다가 알게 되었지만 비록 일부라고

는 해도 결과적으로 조화검신, 즉 삼재검신의 덕을 본 것은 사실이었다. 그냥 이끼와 물인 줄 알았던 것이 자연의 기운을 담은 영초와 영수였던 것이다. 그렇기에 고기나 쌀 등의 다른 음식이 없어도 그 안에서 살아남을 수 있었다.

물론 그렇다고 해서 비동 안에서 홀로 보낸 그 긴 세월이 보상받는다는 생각은 하지 않았다. 다만, 과거의 자신이 저곳을 발견하지 못했다면 지금의 생활도 없었을 것이라는 생각을 했다.

다시 보고 나니 마음은 가벼워지고 그간 겪었던 갑갑한 시간이 그저 멀게만 느껴졌다.

"뭐, 그런 거지."

그렇게 생각하고 보니 편한 마음으로 돌아설 수 있었다. 그러나 몸을 돌린 장무위의 앞에 제갈장천이 짐을 싸들고 서 있는 모습이 눈에 들어오자, 편했던 마음에 뭔가 찜찜함이 자리하기 시작했다.

"어디 가시는지……."

"싸락골에 갑니다."

바로 마음이 불편해졌다.

어차피 알려진 것 돈이나 벌어야겠다는 생각에 금자도 챙기고 비동까지 동행하기도 했지만, 오랜 시간 함께하기에 마음이 편한 상대는 아니었다. 장무위는 제갈장천의 마음을 돌려 보기 위해 입을 열었다.

"그……."

"방은 있겠지요? 묵는 가격이 비싸도 아는 분과 함께하면 좋겠습니다."

"제 방이라도 내어드리지요."

"하하하, 감사합니다."

"……."

환하게 웃는 제갈장천을 보며 장무위는 잠시 말문을 닫았다.

'확실히 내가 돈에 눈이 멀었구나. 이젠 주둥이가 먼저 움직이다니…….'

스스로도 어이없다고 느낀 장무위는 이내 기왕 번 거 조금이라도 더 벌자고 좋은 방향으로 생각을 돌리고 걸음을 옮겼다.

*　　　*　　　*

딱!

맑은 소리를 내며 백의 바둑돌이 판 위에 놓였다. 그와 동시에 흑의 진영이 순식간에 몰살당할 위기에 놓였다.

"끄응."

천만개의 입에서 신음이 흘러나왔다.

이걸 살릴 만한 방도가 도무지 떠오르지 않는 탓이었다.

"헌데 장 대협이 뭘 했었던 사람이랍니까?"

"이전에는 무관을 운영했다지요."

"그거야 저도 들어서 알고는 있지만, 그전에는 뭘 했는지가 참 궁금해서 말입니다. 뭘 했답니까?"

"뭐, 애들이 말하……."

바둑판을 노려보며 무심코 대답하던 천만개가 도끼눈을 뜨고 정천진인을 노려보았다. 바둑 두는 틈을 타 또다시 정보를 날로 먹으려는 그의 모습에 바둑돌을 담은 나무통으로 한 대 후려칠까 잠시 고민했다.

"한 수 물러드릴까요."

"큼. 뭐, 그렇다면야……."

정천진인의 호의로 천만개는 잠시 집어 들었던 바둑돌통을 슬며시 내려놓았다.

"그런데 전에는 뭐 했답니까?"

"에라이!"

와장창!

기어이 천만개는 그대로 바둑판을 뒤엎어 버렸다.

"어이쿠!"

"나 가겠소!"

"허허이. 이거 참."

다 이긴 판이 날아갔다는 사실보다는 뭐라도 하나 더 알아내지 못한 게 아쉬운 정천진인이었다.

그렇게 패배의 기색이 역력했던 판을 한 방에 날려버림으로써 약간의 찜찜함을 털어 버린 천만개가 문밖으로 나서려는 순간 문이 덜컥 열렸다.

"응?"

"엇!"

순간 천만개와 제갈장천이 마주쳤다. 문을 열고 들어오다가 놀란 제갈장천이 포권을 올리며 입을 열었다.

"그간 안녕하셨는지요. 그런데 구지신개 방주님께서 여긴 어떻게⋯⋯."

"그러는 그대는 어찌 여기로 되돌아왔는가?"

이미 그가 싸락골에 한 번 왔었다는 사실을 아는 천만개로서는 별것도 없는 곳으로 제갈장천이 되돌아온 사실에 의아함을 느꼈다.

"볼일이 있어서 말입니다. 그런데⋯⋯."

그때 대답을 하던 제갈장천의 시야에 바둑돌을 쓸어 담고 있는 정천진인이 눈에 들어왔다.

"⋯⋯정천진인께서도 계셨군요. 말학 후배가 진인께 예를 올립니다."

"그간 잘 계셨는가."

"예. 뭐, 저야 항상 잘 있지요. 그나저나 진인께선 여기에 어인 일이십니까?"

제갈장천의 질문에 정천진인이 자리에서 일어서며 대답했다.

"그야 본파의 은인께 직접 인사도 올릴 겸 겸사겸사 왔소이다."

그 순간 제갈장천과 정천진인의 눈에 불꽃이 튀기 시작했다. 둘은 노리는 바가 서로 같음을 직감했던 것이다.

第四章

장무위는 대종사……?

　제갈장천과 정천진인의 눈빛이 마주치며 불똥을 튀기고 있는 가운데, 제갈장천의 뒤를 이어 장무위와 나머지 일행들이 들어왔다.

　자연스럽게 정천진인과 천만개의 눈이 장무위를 향했다. 굳이 소개를 받지 않았어도 나머지 인원들의 면면을 아는 두 사람은 직감적으로 장무위가 누구인지 알아차릴 수 있었다.

　"이런, 손님이 있었군!"

　장무위의 얼굴이 환해졌다. 이미 떠나기 전부터 두 사람이 올 거라는 사실을 알고 있었기에 막우와 만덕이에게 언질을 해 놓은 상태였다.

"오셨습니까."

군자 매화검 현도가 나서서 정천진인과 천만개에게 예를 올렸다. 그러자 정천진인이 활짝 웃으며 그에게 다가가 입을 열었다.

"이분이신가?"

"예……."

장무위를 눈앞에 두고 눈을 반짝이는 정천진인에게 현도가 정식으로 소개를 해주었다. 상당히 복잡한 심정이었지만 일단은 굳이 내색하지 않았다.

"이분이 장무위 대협이십니다."

"오! 반갑습니다. 화산의 정천이라 합니다."

"아아! 정천진인. 여기 군자검에게 이야기 많이 들었습니다."

장무위가 환하게 웃으며 정천진인과 마주 포권을 했다. 정천진인은 장무위와 마주하며 살짝 놀랐다. 젊어도 너무 젊어 보였던 것이다.

반대로 천만개는 일행들 뒤쪽에서 하늘을 보며 애써 자신을 외면하는 걸왕을 슬쩍 흘겨본 뒤, 장무위에게 다가가 직접 인사를 했다.

"우리 싸락골 지부의 인원들이 여러모로 도움을 많이 받았다 들었소이다. 개방의 천만개이외다."

"아, 뭐. 반갑소."

장무위가 조금 전과 달리 별로 반기지 않는 모습으로 건성건성 천만개의 인사를 받았다. 심지어 정천진인과 다르게 하오체로 대꾸를 하는 모습에 천만개의 얼굴이 살짝 굳어졌다.

자연히 천만개의 시선은 다시 걸왕에게 향했는데, 그도 걸왕의 구겨진 표정을 읽을 수 있었다. 그럼에도 걸왕이 입을 다물고 있는 것을 본 그는 장무위가 생각 이상의 강자라는 판단을 어렵지 않게 내릴 수 있었다.

"크흠, 아무리 그래도 내 나이가……."

천만개가 언짢은 표정으로 입을 여는 순간 걸왕에게서 전음이 날아왔다.

[그 인간 앞에서 나이 애기 하지 마라.]

순간 천만개는 말끝을 흐리며 걸왕에게 전음을 보내었다.

[사형, 그게 무슨 말이오?]

[껍데기만 젊은 노괴(老怪)다.]

걸왕의 대답에도 천만개는 마음에 들지 않는다는 듯 다시 전음을 이어갔다.

[아무리 그래도 강호의 배분이 있지, 어찌 낯살이 조금

차이 난다 해서…….]

[조금이 아닐 거다.]

[예?]

[나중에 말해주마.]

그들의 전음은 이어진 장무위의 말에 의하여 끊어졌다.

"나이가 뭐 어떻다는 말이오?"

뭔가 삐딱한 표정으로 되묻는 장무위의 질문에 천만개는 굳어진 얼굴을 애써 피며 대답했다.

"아, 아니오."

천만개가 한발 뒤로 빼는 모습을 보이자, 장무위가 뒤쪽에 있는 걸왕을 향해 눈알을 한 번 부라렸다. 그 후 그는 친근감 있는 표정으로 정천진인에게 다가가 다시 말을 걸었다.

"이거 너무 누추한 곳이라 묵으시는 데 불편한 점은 없으신지 모르겠습니다."

"아닙니다. 도사가 호화로운 곳을 찾아다니는 게 더 이상한 일이지요."

"마침 이 옆에 새 건물이 다 올라갔으니, 가격은 좀 더 나가지만 그쪽으로 옮기시는 게 진인의 격에 맞지 않을까 생각합니다."

"허허, 격이라니요."

그 와중에도 영업용 미소를 잊지 않는 장무위였고, 그 미소를 그저 호의로만 받아들이는 정천진인이었다.

장무위와 화기애애한 분위기를 만들던 정천진인이 이번에는 소요검선과 걸왕에게 다가가 포권을 하며 예를 표했다.

"저도 객인지라 인사가 늦었습니다. 소요검선 노선배님, 그리고 걸왕 선배님께 화산의 정천이 이렇게 예를 올립니다."

원래대로라면 강호의 대선배인 소요검선과 걸왕에게 예를 올리는 게 먼저지만, 집주인인 장무위가 있기에 그쪽부터 아는 체를 해서 죄송스럽다는 뜻이다.

"허허, 오랜만일세."

"큼. 뭐, 그럴 수도 있지."

소요검선은 사람 좋아 보이는 미소로 정천진인을 대했고, 걸왕은 퉁명스럽게 대꾸했다. 뒤늦게 그들에게 예를 표하던 정천진인은 사실 살짝 놀라 있는 상태였다.

개방주인 천만개에 대한 장무위의 태도에 처음 놀랐고, 또 이어진 반응에 더 놀랐던 것이다. 불손한 장무위의 대꾸에 걸왕도, 그리고 천만개도 얼굴은 굳혔지만 딱히 아무런 말을 하지 않고 넘어갔기 때문이었다.

잠깐 말이 없었던 시간 동안 둘 사이에 전음이 오갔음을 눈치챈 정천진인은 뭔가 있다는 생각에 좀 더 숙고하여 장무위를 대할 필요가 있다고 판단을 내렸다.

"그럼 조화검신의 후인이 맞다는 말이구려."

천만개의 얼굴에 놀라움과 동시에 복잡한 감정이 스쳐지나갔다.

"그런데 아까 노괴란 말은 대체……."

"말 그대로다."

"허면 반로환동이라도?"

천만개의 질문에 걸왕이 신중한 표정으로 입을 열었다.

"그것보다 진법의 영향이 있었다더라."

"진법이라니요?"

"청령삼재무한시공진이라더라."

생소한 이름에 천만개가 고개를 갸웃거렸다. 그를 본 걸왕이 부연 설명을 덧붙였다.

"말 그대로 시간을 잡아 놓는 진이라더구나."

"시간을? 그게 가능합니까?"

"가능하니까 사백 년이나 살아왔겠지."

걸왕의 대답에 천만개가 입을 닫았다.

침묵은 짧았다. 잠시 뒤 천만개가 얼떨떨한 표정으로 천천히 입을 열었다.

"사백 년이라니 누가……."

"누구겠냐."

"허……."

천만개가 이제는 얼떨떨하다 못해 어이없다는 표정으로 말을 잃었다. 마치 넋이라도 놓은 듯한 얼굴이었다. 그러다가 잠시 고개를 휘휘 저으며 말했다.

"그게 말이 됩니까?"

"……."

예상대로의 대답에 걸왕은 복잡한 표정으로 침묵했다. 천만개의 말이 이어졌다.

"아니, 그러한 진법이 있다 해도 어찌 사람이 그렇게 긴 시간을 맨정신으로 보낼 수 있다 합니까?"

"조화검신이 그리 말했으니까, 믿어야지."

"그게 무슨 말입니까……?"

"보여주더라."

장무위는 걸왕과 제갈장천 일행에게 삼재검신이 비동에 든 후인을 위해 남기는 글이 담긴 비급의 앞부분을 보여주었었다. 진법의 이름과 그 효용에 대해서 적혀 있는 부분이었다. 삼재검신이 사기꾼이 아닌 이상 믿을 수밖에 없는 상황이었다.

그 와중에 현도에게 같은 이야기를 듣고 있던 정천진인

역시 그가 사백 년을 살아왔다는 이야기를 듣고 반신반의했다. 하지만 정천진인은 장무위를 어떻게든 포섭하려는 입장이었기 때문에, 사실이고 아니고를 떠나 장무위와의 관계를 무조건 좋게 만들려고 이야기를 이해하기 위한 노력을 기울였다. 그러나 그런 노력이 필요 없는 천만개는 걸왕의 대답에도 여전히 믿기 어려운 표정을 하고 있을 뿐이었다.

"뭐, 믿으라고 강요는 안 하마. 다만 나이 좀 먹었다고 그 인간 앞에서 뻗대진 마라."

"……해 봤구려."

천만개의 말에 걸왕의 몸이 크게 움찔거렸다. 그는 대답 대신 먼 산 바라보듯 고개를 돌렸다.

물론 그가 바라본 곳은 산이 아니라 담벼락이다.

걸왕에게서 대답은 없었지만 천만개는 상관없다는 듯 말을 이었다.

"그래서 붙었수?"

"뭐, 그냥 소소하게……."

"그것 때문에 깨졌구려."

이미 걸왕이 장무위에게 깨졌다는 것을 일전에 눈치로 때려 맞춘 천만개는 대놓고 말했다. 걸왕은 고개를 떨어트리며 작은 목소리로 말했다.

"비밀이다."

걸왕의 대답에 천만개는 입을 다물었다. 아무리 예상한 내용이라 하지만 직접 본인의 입으로 대답을 들으니 무어라 할 말이 없었던 것이다.

"정말이었구려."

"끙."

천만개는 걸왕이 장무위에게 졌다는 사실보다 걸왕씩이나 되는 이름으로 불리는 사형이 끙끙거리는 모습을 본 것에 더 놀랄 수밖에 없었다. 그가 아는 사형이라면 오히려 큰소리를 친다든지, 아니면 조만간 되갚아준다고 해야 정상이었다. 그런데 순순히 패배를 인정하며 풀 죽은 모습을 하자 더 이상 뭐라 할 수가 없었던 것이다.

"과연 조화검신의 후예란 겁니까?"

"그게……."

천만개는 애써 조화검신이라는 이름의 무게를 강조하며 덤덤하게 받아들이려 했다. 조화검신의 후예라면 걸왕이 밀리는 것도 당연하다고. 그러나 걸왕의 이어진 반응은 또 달랐다.

"왜 그럽니까?"

"후우."

뭔가가 또 있다는 느낌에 조용히 되묻자 걸왕이 한숨을

내쉬었다. 그러고는 천천히 고개를 들어 올리며 말문을 이었다.

"그 인간은 조화검신의 무공을 익히지 않았다."

"……그건 또 무슨 말이랍니까? 조화검신의 비동에서 조화검신의 무공을 익히지 않았다니? 원래 또 다른 무공을 익혔던 이랍니까?"

눈이 화등잔만 하게 커진 천만개의 질문에 걸왕이 담담하게 대답했다.

"어차피 숨겨봐야 탄로 날 테니 말하는 거지만, 그 양반은 처음부터 무공을 배워서 들어간 게 아니다."

"자꾸 둘러말하지 말고, 제발 속 시원히 좀 이야기해 주쇼!"

"그게……."

이번에 제갈장천과 비동을 찾아가면서 그에 대해 밝혀진 것이 꽤나 많았다. 물론 그동안 걸왕이 직접 몸으로 겪으면서 알아낸 부분도 있기는 했지만, 비동에서 그의 이야기를 듣다 보니 점차 그에 대해서 더 자세히 알 수 있었던 것이다.

그렇게 그가 알아낸 장무위란 인간에 대한, 길다면 긴 이야기가 걸왕의 입에서 천천히 풀어져 나왔다.

"허어어. 도무지 믿을 수가 없구나."

"저희들 역시 알면서도 믿기 어려운 실정입니다."

정천진인은 담담한 음색으로 장무위에 대한 이야기를 마친 현도를 보며 믿을 수 없다는 표정을 지었다.

"그러면 지금 쓰는 무공은 대체 무엇인가?"

"군문에서 배운 듯이 보이는 것을 바탕으로 만든 무공과 토납법을 스스로 개량해서 만들어낸 심법으로 보입니다."

"그 말이 사실이라면 대종사라 불려도 모자람이 없지 않은가!"

놀라움이 가득한 정천진인의 탄성을 들으며 현도와 청자 배 제자들은 이번엔 과연 장무위란 인간이 대종사라 불릴 자격이 있는지 고민하였다.

"대애종사아아?"

걸왕의 말꼬리가 기묘하게 늘어졌다. 지금까지 풀 죽어 있던 모습과는 달리 눈썹까지 역팔자로 꺾인 모습이 심상치가 않았다. 무언가 할 말이 많은 것을 떠나 분기마저 서린 형상이었다.

"아니, 사형 말대로라면, 심법도 창안하고 무공까지 직접 만들어 익혔으니 능히 대종사라 할 수 있지 않소?"

생각 이상으로 격렬한 걸왕의 반응에 천만개가 얼떨떨한

표정으로 되물었다. 하지만 그의 한마디는 활활 타고 있는 불에 주정(酒精)이라도 끼얹은 것이나 마찬가지였다.

걸왕의 언성이 높아졌다.

"그딴 게 대종사면 개나 소나 대종사겠다! 이건 뭐, 흙 뿌리고 침 뱉고, 앙! 이딴 게 무슨 무공이냐고!"

"흐, 흙을 뿌린다고요? 침을 뱉고?"

"그래! 침도 가래침을 뱉는데, 처음에는 무슨 독이라도 쏘아 보내는 줄 알았다! 그뿐인 줄 아냐? 돈만 주면 비굴해져가지고는 살랑살랑 꼬리나 처흔들어 대고! 봤지, 아까?"

"뭐, 뭘 말이오?"

"저기 화산의 말코 놈에게 살랑거리며 헤실대는 거 말이다!"

"그, 그건……."

아까 분명 확연히 다른 대우를 받고 기분이 언짢았던 기억이 있기 때문에, 천만개는 얼떨떨한 표정을 지었다. 그러자 걸왕이 쏘아붙이듯 질문을 던졌다.

"넌 여기에 안 묵을 거지?"

"당연하지요. 뭔 거지가 돈을 주고 객잔에 묵습니까?"

"그래서 대우가 그 따우인 거다."

"……."

걸왕이 말하고 나니 왠지 그 말이 맞는 것 같은 느낌이

들었다. 하지만 천만개는 기세등등하게 말을 내뱉고 있는 걸왕에게 기어이 한마디 던졌다.

"그럼, 무공도 거지 같은 양반에게 깨진 거요? 흙 맞고 침 맞아 가면서?"

"……."

천만개의 한마디에 걸왕은 그때까지의 기세는 간데없이, 갑자기 쪼그려 앉은 채 두 무릎을 양팔로 감싸 안았다. 누가 봐도 지지리 궁상 그 자체였다.

그 모습을 본 천만개가 한숨을 내쉬었다.

"허어……."

개방 최고수라 불리는 이의 측은한 현실에 그저 마음이 답답하기만 했다.

제갈장천이 기다리고 있는 가운데 제갈유가 문을 열고 들어왔다.

"다녀왔는가!"

제갈장천의 질문에 제갈유가 살짝 굳은 얼굴로 입을 열었다.

"예."

"전수까지 받은 건가?"

재차 이어진 제갈장천의 질문에 제갈유가 짧게 대답했

다.

"예."

"어떻던가?"

눈을 반짝이며 되묻자 제갈유가 여전히 굳은 얼굴로 대답했다.

"써 보진 않아서……."

"그럼 당장 써 보고……."

"형님!"

"큼. 미, 미안하다."

가문에서도 형님이란 말을 거의 한 적이 없던 제갈유가 붉어진 얼굴로 씩씩거리고 있었다. 그러자 자신이 너무 열을 냈다는 생각에 제갈장천이 미안한 표정을 지었다.

"미안하네."

"……아닙니다."

제갈장천이 점잖게 다시 사과하자 제갈유가 그제야 붉어진 얼굴을 풀었다. 하지만 여전히 제갈장천의 표정은 궁금해 미칠 것 같다고 외치는 듯했다. 한숨을 내쉰 제갈유가 천천히 말문을 열었다.

"여기서 당장 썼다간 마누라에게 죽습니다. 아시잖습니까."

"그, 그렇지. 미안하네."

"어쨌든 내공을 주입받고 심공을 운용하니 확실히……."

"확실히?"

잠시 말끝을 흐렸던 제갈유가 품에서 책을 내어 놓으며 말을 이었다.

"……힘이 솟기는 했습니다."

그가 내어놓은 책은 다름 아닌 '정력신공'이었다.

"오! 그렇단 말인가?"

"그렇습니다. 살펴보시면 아시겠지만, 무공서는 아니어도 꽤나 신선한 부분이 많이 있습니다."

제갈장천은 이곳으로 오면서 정력신공의 존재를 알고 도착하자마자 제갈유를 시켜 구입하게 하였다. 물론 제갈유가 다른 이처럼 부부 관계 때문에 많은 고민을 하는 이는 아니었다. 다만 장무위에 대한 분석용으로 정력신공을 구입한 것이었다.

"비급을 좀 가져와 보게."

"여기 있습니다."

제갈유에게서 비급을 넘겨받은 제갈장천은 내용을 살피며 집중했다.

"으음."

"속세를 원한다라……."

어떻게든 장무위를 끌어들일 생각으로 싸락골까지 온 정천진인에게, 현도는 장무위가 도관과는 거리가 먼 인간이라는 점을 강조하고 있었다. 장무위가 화산에 오게 된다면 아마도 화산에 주지육림이 펼쳐질지도 모른다는 말은 차마 하지 못했다.

"차라리 이렇게 적당한 거리를 두고 관계를 맺는다면 그 또한 나쁘지는 않을 겁니다."

청 자 배 제자 셋 중 하나인 청수가 조심스럽게 운을 떼며 현도의 발언에 힘을 실어 주었다.

"허나, 응……?"

청수의 이야기에 정천진인이 아쉬움이 가득한 얼굴로 입을 열려다가 잠시 청수를 살폈다. 이어서 청운과 청풍도 살피더니 살짝 놀란 표정을 지었다.

"허어, 내력이……."

화산 내에서도 꼴통 삼인방이라 불리며 유명세를 탔던 셋이었기에 정천진인도 그들을 익히 알고 있었다.

이전에 비동에 있을 때에는 워낙 급히 왔다 갔기에 몰랐었는데, 지금 보니 내력이 꽤 증진되어 있었던 것이다. 반 갑자가 넘는 것이 이제는 일류라 해도 모자람이 없어 보였다.

"기연이 있었느냐?"

정천진인의 질문에 청 자 배 제자 셋의 몸이 동시에 움찔거렸다. 청운과 마찬가지로 청수와 청풍 역시 장무위에게서 약을 사 먹었기 때문이었다.

"그, 장무위 대협께서……."

"어허, 이런! 장 대협에게 은혜를 받은 것이로구나!"

무릎을 탁 치면서 밝은 표정을 짓는 정천진인의 모습을 본 그들은 장무위에게서 영약을 돈 주고 사 먹었다는 이야기를 미처 하지 못했다.

청풍이 무어라 말하려 할 때, 현도에게서 전음이 날아왔다.

[기연 사냥꾼에 대해 알려지면 좋을 것 없다.]

현도의 한마디에 청풍은 열려던 입을 그냥 다물었다.

말 그대로였다.

장무위가 기연 사냥꾼이라는 게 알려진다면 지금 이상으로 주위가 시끄러워질 것이 뻔했다.

장무위의 성격으로 보아 그 와중에 또 뭔 일이 벌어질지도 모르는 상황이기에 현도는 제자들에게 함구를 시켰다. 청풍 역시 그 이상 설명을 듣지는 않았지만, 현도의 뜻을 이해하고 그저 조용히 자세만 고쳤다.

"무슨 할 말이 있더냐?"

하지만 정천진인은 청풍이 무언가 이야기를 하려고 했다

는 것을 알아채고 조용히 물어왔다.

　"아닙니다. 청수 사형께서 말했듯이 그분은 너무도 자유
로운 분이라 가두는 것이 능사는 아니라고 말씀드리려 했
었습니다."

　"흐으음. 이렇게 본 파의 제자들에게 은혜를 내려준 분
을 어찌 모른 체한단 말이냐……."

　미안함과 안타까움이 섞인 내용이었지만, 말투에는 아깝
다는 느낌이 가득했다. 아니, 오히려 더 탐이 난다는 눈빛
을 하고 있었다.

　'그 은혜, 돈만 주면 얼마든지 받을 수 있습니다!'

　결코 밖에 내뱉을 수 없는 대답이 청운의 입안을 맴돌았
다.

　　　　　　＊　　　＊　　　＊

　반짝거리는 금자들이 장무위의 눈앞에 펼쳐져 있었다.
그토록 좋아 어쩔 줄 몰라 하던 금자를 눈앞에 두고 있건만
장무위의 표정에는 왠지 근심이 서려 있었다.

　"왜 그러십니까요, 대사부 형님."

　"일단 물 들어올 때 배 저어야 한다고, 또 한 건 하긴 했
는데 말이야."

눈앞에 있는 건 제갈유에게 정력신공을 친히 전수해 주고 난 뒤에 벌어들인 금자였다. 그 금자를 눈앞에 두고 말을 꺼낸 장무위의 음색이 그다지 밝지 않자 처음 말을 꺼낸 광저가 다시 조심스럽게 물었다.

"제갈세가 돈이라 걱정되십니까?"

광저의 물음에 막우가 핀잔을 줬다.

"걸왕도 삥 뜯…… 아니, 거래를 하시는 마당에 제갈세가라고 걱정하시겠냐? 게다가 사기를 친 것도 아니고 말이야. 이번에는 분명 비급에 대한 내용도 충분히 알려주고 판 거잖아."

"하긴, 그건 그러네요."

막우의 말에 광저가 머리를 긁적였다. 막상 광저에게 핀잔을 주기는 했지만 막우 역시 장무위의 심기가 불편한 이유가 궁금하기는 했다.

"대사부 형님, 뭔가 도움이 될지 모르니 이야기를 해 보심이……."

막우가 조심스럽게 운을 띄우자 장무위가 머리를 긁적이며 입을 열었다.

"뭐, 벌 만치 벌었고 집도 거의 다 지었기는 한데, 뭔가 굵직한 인간들이 자꾸 모이는 게 찜찜하단 말이지."

"그건……."

장무위의 말에 막우는 순간 말문이 막혔다.

사실 그간 장무위와 어울리면서 이런저런 일이 많았지만, 최근처럼 어깨에 힘이 들어가는 것은 머리털 나고 처음이었다.

과정이야 어찌 되었든 이제는 무위장의 일원이 된 그들이었다. 그리고 그 장원의 장주인 장무위를 향해 강호 무림의 명숙들이 몰려들고 있었다. 그들은 하나같이 장무위와 어떻게든 연을 이어 보려고들 하고 있었다. 자연스럽게 장무위의 측근 중 하나인 막우도 흑도패 생활을 할 때와는 전혀 다른 세상에 살게 되었다.

물론 그렇다고 거드름을 피우고 다니는 건 아니었지만, 개방의 인사들도 그렇고 제갈유가 이끌고 온 절검대원들도 그렇고 그들을 조심스럽게 대했다.

어깨에 힘이 들어가는 게 당연했다.

그런데 생각해 보면 그들과 엮이기 시작한 이상, 다음에 일이 벌어진다면 왕곰파의 습격과는 차원이 다른 일이 벌어질 것이라는 건 분명한 사실이었다. 아니, 이미 왕곰파의 습격을 보더라도 고작 흑도패끼리의 싸움에 전마성이 끼지 않았는가.

계산이 빠른 막우의 얼굴이 빠르게 굳어져 갔다. 아니나 다를까 막우의 생각대로 장무위의 입에서 현실적인 이야기가 흘러나왔다.

"늬들이랑 엮여 봐야 동네 쌈질이지만 말이다. 저치들하
고 뭔가 엮이게 되면 아마 상당히 골 아플 거란 말이지."

"그건 그렇습니다."

"뭐, 그래도 이쪽 동네가 그치들 영역이니 친하게 지내
서 나쁠 게 없으니까 나도 친분을 다지는 데 적극적이긴 하
지만."

"……."

광저와 막우가 장무위를 향해 어이없다는 시선을 보냈
다.

'친분은 무슨…… 호구로 알면서!'

눈앞에 그 증거물인 금자들을 쌓아 놓고도 친분을 다진
다는 망발을 하는 장무위였다.

第五章

그가 살아온 이야기

　장무위와의 친분을 다지기 위해 싸락골을 찾아온 정천진인과 제갈장천은 이곳에 도착했음에도 목적과는 달리 그의 얼굴을 보기 힘들었다.

　그 이유는 바로 무위장이 거의 다 지어질 무렵이었기 때문이었다. 장무위는 자신의 이름을 단 장원의 마무리 작업을 살피기 위해, 한동안 아예 무위장에 가서 살다시피 했던 것이다.

　며칠이 지나 마침내 무위장이 완공을 했다.

　"캬! 죽이네."

　"정말 잘 지어졌습니다요, 대사부 형님."

잘 지어진 장원을 보고 흡족한 얼굴을 하고 있는 장무위에게 광저가 옆에서 한마디 덧붙였다. 그러자 장무위가 언짢은 표정을 지으며 광저에게 말했다.

"대사부 형님이 뭐냐? 이도 저도 아니잖아."

"그럼 뭐라 부릅니까?"

"뭐라 부르긴, 이젠 무위장주님이라 불러라! 으하하하!"

"예! 무위장주 형님!"

"형님도 빼라."

이렇게 시답잖은 이야기로 장무위가 광저와 시간을 까먹고 있을 때, 막우가 고민하는 얼굴로 말문을 열었다.

"저, 그런데 지금까지는 별문제가 되지 않았지만 걱정이 되는 게 있습니다."

"뭐가?"

막우의 근심 서린 목소리에 장무위가 뭐가 문제냐는 듯 되물어왔다.

"강호란 게 힘이 진리이기는 하지만, 그와 별도로 배분이라는 게 또 문제가 됩니다."

"배분? 그게 뭔데?"

"일종의 족보 같은 겁니다요."

"족보? 그 뭐더라, 이름난 집안 서열 정리한 거?"

장무위의 대답에 막우가 쓴웃음을 지으며 대답했다.

"예, 비슷합니다."

"강호의 거대 세가들은 이런 배분을 가지고 서로 왕래하면서 서열을 가늠합니다. 물론 중소 문파야 제대로 배분을 따지기 힘들지만 말입니다."

막우의 말에 장무위가 알아듣기 힘들다는 표정을 지으며 대꾸했다.

"그러니까, 일단 다른 놈들이 그 배분 같은 걸로 트집 잡을 수 있다는 거냐? 내가 젊어 보이니까."

"예. 장주님이…… 그, 조화검신님의 후인이라 하시지만 겉으로 보기에는 젊으시잖습니까."

막우와 광저는 얼마 전에야 장무위가 조화검신의 비동에서 출관했다는 것을 알았다. 장무위 입장에서는 굳이 설명을 해 줄 필요는 없었지만, 제갈장천 일행과 길을 떠나며 언급을 해 주었었다.

당연히 막우와 광저는 한동안 얼이 빠져 있었다. 그러면서도 장무위의 강함을 생각하면 마음 한구석으로는 어느 정도 이해가 되었다.

"나 안 젊다."

"그, 그럼 환골탈태라도……?"

젊지 않다는 말에 막우는 당장 떠오르는 말을 내뱉어 보았다.

"뭐, 껍데기 벗겨지는 거라면 하긴 했는데, 나이로 따지자면 이 장원에서, 아니 중원에서 나보다 나이 많은 놈은 없을 거다."

장무위의 말에 막우와 광저가 얼떨떨한 표정을 지었다. 막우가 조심스럽게 입을 열었다.

"나이가…… 아니, 연세가 어떻게 되시는데요?"

"세 보진 않았는데 사백 살은 훌쩍 넘었지. 한 사백오십이나 됐을까?"

"……."

"……."

둘은 놀람보다는 노골적으로 불신 가득한 눈빛을 동시에 장무위에게 선사했다.

결과는 뻔했다.

콰앙!

"이런 개똥 같은 놈의 쉐키들! 눈알에서 먹물을 쪽 빨아낼까부다!"

"커억! 미, 믿습니다!"

"암요! 커억!"

갑자기 장무위의 방문이 박살 나며 막우와 광저가 튕겨 나왔다. 그런 그들을 잽싸게 따라붙은 장무위가 그들을 밟

아갔다.

마치 폭풍처럼.

"또 무슨 일이래?"

그 광경을 청수가 바라보며 혀를 내둘렀다. 정말 오지게 맞고 있었기 때문이었다.

"뭐, 그러려니 해야지요."

"하긴."

청운의 대답에 청수는 그냥 말 그대로 둘이 맞는가 보다, 하고 말았다. 그동안의 경험을 통해서 이성적으로 뭔가를 이해하기에는 장무위란 인간 자체가 워낙에 종잡을 수 없는 인물이라는 것을 알았기 때문이었다.

그들은 그렇게 장무위라는 인간에게 적응해 갔다.

그리고…….

폭풍이 휩쓸고 간 뒤, 막우와 함께 나뒹굴던 광저가 눈물을 흘리며 말했다.

"흑흑……. 맞는데 기분이 묘해지면서 좋아질라고까지 해요, 형님."

"기, 기술이 좋아서인갑다."

막우와 광저는 그의 매질에 기묘하게 적응해 나갔다.

*　　　*　　　*

며칠이 지나 드디어 장원이 완성되었다.

원래 무위관이 있던 언덕 전체를 구입하여 공사를 시작했었다. 다른 몇몇 가옥은 공사 전에 미리 구입하여 터를 삼았고, 땅 자체도 현령과 이야기를 하여 장무위가 완전히 구매를 마쳤다. 그 덕에 이 언덕은 장무위의 장원과 그가 처음 구입했던 송화네만이 남았다.

다른 곳은 허물었지만 무위관은 그대로 두었다. 그곳의 연무장도 나쁘지 않았고, 또 개보수를 하여 지금처럼 객잔 비슷하게 운영을 할 생각이었다. 물론 이곳의 손님은 주로 강호의 인사들이 될 것이다.

장원은 총 여섯 채와 창고 한 채로 이루어져 있었다.

장무위가 살아갈 거처가 한 채, 그리고 막우와 막가파 인원들이 살아갈 곳 한 채, 이외에 손님을 맞이하기 위한 공간 한 채와 연무를 위한 공간이 딸린 건물이 한 채였다. 나머지 두 채는 용도를 정해 두지 않았다.

아마도 장무위의 성향상 객잔처럼 운용할지도 몰랐다. 형태가 딱 비슷했으니 말이다.

처음에는 장무위가 놀러 오는 손님들이 심심하면 안 되니 기루로 개장하자는 어이없는 소리를 했다. 그것을 막우와 광저가 맞아가며 말렸었다. 결국 둘의 희생으로 장무위도 마음을 돌려 잠시 공실로 놔두기로 결정했다.

장무위와 막우, 그리고 광저를 비롯한 이전 막가파 인원들은 감개무량한 표정으로 장원을 바라보았다. 다른 누구보다도 특히 장무위의 표정이 아련했다. 그의 눈에는 지나간 세월이 녹아들어 있었다.

"불알 두 쪽 달고 나와 구걸하다 전쟁터 끌려갔던 놈이 많이 발전했다."

스스로가 대견한 표정이었다.

"장주 형님, 감축드리옵니다요."

광저가 장무위에게 진심을 담아 축하를 했다.

"이제 장원을 열었으니 잔치를 해야 하지 않겠습니까?"

"암, 그래야지."

"그리고 일전의 그 일도 정리를 해야 할 듯합니다. 제갈장천 님과 정천진인님께서도 장주님을 뵙자고들 하시는데……."

"흐음, 그래야지. 그럼 일단 걸왕이랑 소요검선 노친네, 그리고 현도 일행 좀 불러 봐."

장무위의 말에 사전에 이야기가 되어 있었던 듯 막우가 고개를 숙이고 이전에 머물던 집으로 걸음을 옮겼다.

잠시 후, 걸왕과 소요검선, 현도 일행이 도착했다.

물론 그들이 올 때 제갈장천과 정천진인이 엉덩이를 들 썩했지만, 두 분은 나중에 따로 청할 것이라는 막우의 말에 아쉬움을 잠시 접어야 했다.

"뭔 일이오."

"뭔 일이겠냐?"

걸왕의 불퉁한 말에 장무위가 삐딱하게 되물었다. 그러자 걸왕이 다시 인상을 구기며 대답했다.

"모르니 물어보는 것 아니오."

"그런가? 딴 건 아니고, 족보 정리 좀 하려고."

"……"

장무위의 말에 걸왕이 소요검선과 현도 일행을 바라보았다. 무슨 의미인지 아느냐는 의문이 담긴 시선이었다. 그러나 그들도 어리둥절한 기색이긴 마찬가지였다.

그때 장무위의 말이 이어졌다.

"못 믿겠지만 내가 나이가 많잖아."

"그, 그렇긴 한데……."

걸왕이 떨떠름하게 대답했다. 그런 걸왕에게 장무위가 눈을 가늘게 뜨며 다시 말했다.

"고 사이 실력이 일취월장했나 봐? 말이 짧아지게."

"……"

걸왕은 침묵했다.

"솔직히 증명할 길은 없지만, 우리는 어느 정도 믿습니다."

소요검선이 조곤조곤히 대답했다.

그런 소요검선의 대답이 조금 마음에 들었는지 장무위가 말을 이었다.

"그래, 그런데 알다시피 내가 인간 자체가 개판이야."

"갑자기 왜……."

현도가 살짝 얼떨떨한 표정으로 말문을 열었다가 닫았다. 다들 현도와 비슷한 표정이었다. 웬일로 옳은 소리를 하냐는 시선들이었다.

"일단 들어 봐. 내 살아온 이야기 좀 하게."

잠시 말이 없던 장무위가 걸왕을 바라보며 운을 떼었다.

"처음에는 거지였지. 몇 살인지 기억도 안 나."

취면개가 구걸해 온 밥을, 그것도 광개가 개밥처럼 뒤섞어 놓은 밥을 함께 맛나게 먹었다는 이야기를 들었고, 또 이곳에 오기 전의 행적을 살피면서 그가 구걸을 한 것도 알고 있는 걸왕은 어느 정도 이해가 된다는 시선을 보내었다.

게다가 장무위가 구박은 해도 거지들 밥 굶기지 않으려는 듯 있는 만큼 베푼 것도 사실이었다. 잔치만 벌어지면 항상 거지들부터 모았으니 말이다. 그 거지들은 개방뿐만이 아니라 싸락골의 다른 일반 거지들도 포함되어 있었다.

스스로도 개 같다고 정의 내린 그의 성정을 생각하면 대단한 호의였다.

"그러다가 어느 집에서 거두어 줬지. 뭐, 헛간에서 하인처럼 살았지만 밥은 안 굶었어. 내가 살던 때는 거지가 살기 힘든 때였으니까. 세상에 지 잘났다는 놈들이 허구한 날 전쟁을 일으키던 때였잖아."

당이 멸망하고 송이 건국되기 전, 칠십 년간의 전란기가 있었다. 그 시기를 오대십국이라 불렀다. 그 혼란의 시기는 거지는 물론이고 일반인도 살기 어려운 때였다.

"그러다 전쟁터로 끌려갔어. 그 집 아들 대신 간 거야."

모두가 입을 다물었다.

"처음부터 그러려고 사육된 거지. 그래도 원망은 안 해."

장무위의 입가에 미소가 걸렸다.

"배는 굶지 않았었잖아?"

정말로 환한 미소였다.

일행들은 그 미소를 보며 침묵했다. 전쟁터로 끌려가기 위해 사육되었다는 말까지 하면서도 저 환한 미소는 무엇인가 싶은 것이다. 그야말로 한 점의 거짓도 없이 행복해 보이는 미소였기 때문이다. 반대로 그 시기가 행복할 정도면, 대체 어떤 지옥 같은 삶을 살았을까 하는 생각도 들었다.

걸왕의 고개가 어렴풋이 끄덕여졌다.

그의 입장에서도 장무위의 심정이 충분히 이해가 갔기 때문이다. 그 역시 거지로 태어나 거지로 살아오면서 전란을 겪었다. 오대십국이라 불리던 그때의 세상은 어떠했는지 모르겠지만, 그가 겪어본 전란 역시 충분히 지옥과 같았다.

개방에 거두어진 이후, 원 말의 시기부터 명이 건국되기까지 무수히 흐르던 피를 기억했다. 만약 개방에서 그를 거두지 않았더라면, 굶어 죽었거나 고작해야 한 끼 식사를 위해 전쟁터로 끌려가 창을 잡았을지도 모른다.

그게 없는 자의 삶이기 때문이다.

그 삶을 기억하는 걸왕이기에 장무위의 이야기가 이해가 되었다.

"그래도 나중에 생각하면 화가 날 텐데……."

청운이 여전히 이해가 안 간다는 듯 중얼거렸다. 부유한 상가에서 태어나 모자람 없이 자랐던 그는 장무위의 이야기에 공감할 수 없었다.

"나중에 생각나면?"

"예, 전쟁터에서 고생하고 있거나 할 때 생각나면 좀 그럴 거 같은데……."

"그리워지더라."

장무위가 웃고 있었다.

은은하게 미소를 머금고 웃고 있었다. 청운의 이야기를 따라 그때의 기억을 떠올리고 있는지 그리움이 가득한 미소를 머금고 있었던 것이다.

"뭐, 그리고 이후 이십 년간 전쟁터에서 살았지."

"그럼 몇 살 때 끌려가신 거지요?"

"거지가 지 나이를 알던?"

"클클."

장무위의 대꾸에 걸왕이 헛웃음을 흘렸다.

"나이가 기준이 아니다. 덩치가 기준인 게지. 대충 같이 끌려간 애들 보니 대략 열 살 정도 되더만. 나도 그쯤 되지 않았나 싶기도 하고, 더 어렸을지도 모른다 싶기도 했지. 일 년간 정말 잘 먹은 덕인지 몰라도 덩치가 엄청 컸거든."

"무슨 열 살짜리를 전쟁에……."

"그땐 그랬어."

청수가 못 믿겠다는 얼굴로 말을 꺼냈지만 장무위는 아무것도 아니란 듯 대답했다.

"그리고 이십 년. 죽이고 도망치고 먹고 약탈하고 죽은 척도 하고, 또 숨고 탈영하고 다시 전투에 참여하고, 어젠 적군이었다가 오늘은 시체 옷만 바꿔 입고 아군이 되기도 했고……. 말이 이십 년이지 실제로는 그거보다 훨씬 더 될 걸? 날짜 계산하기 힘든 게 그 동네니까."

장무위의 설명이 이어질수록 걸왕과 현도 등은 고개를 끄덕였다. 그가 과거에 군부 출신일지도 모른다고 의심했던 부분이 사실로 명확하게 밝혀졌기 때문이다.

"그날도 부대가 완전 해체되던 날이었지."

"그날이라면?"

현도가 묻자 장무위가 갑자기 입가에 미소를 지우고는 대답했다.

"비동에 갇힌 날."

아무도 입을 열지 않았다.

잠시 침묵이 흐르고 있었다. 장무위 역시 더 이상의 이야기를 꺼내지 않고 그저 물로 입가를 축이고만 있었다. 그렇게 입술을 축이던 장무위가 다시 입을 열었다.

"늬들 입장에선 이해가 안 가겠지. 하지만 거의 오 일을 굶은 사람이 늑대들에 쫓겨서 어디론가 굴러떨어졌는데, 보니까 마실 물과 먹을 만한 이끼가 있어. 그러면 어떻게 하겠냐?"

"……그럼?"

"비급이 발 달린 건 아닌데 먹는 건 안 하면 죽으니까. 좀 먹고, 그리고 한잠 잤더니 진이 발동했더라. 문은 닫히고 말이야. 웃기냐?"

이야기를 하던 도중 청풍이 히죽거리는 모습을 보이자 장무위가 눈을 부라렸다.

"아닙니다."

잠시 이빨 좀 보였다가 이빨이 몽땅 날아갈 뻔했던 청풍은 고개를 푹 숙이고 귀만 쫑긋했다.

"처음에 죽으려고도 했는데 그대로 죽기엔 영 찜찜했지. 별짓을 다 하다가 결국 이건 아니다 싶어서 죽으려 했는데 안 죽어지더만. 진법이 보호를 하는 거였어. 게다가 미치지도 않게 정신까지 맑게 해줬지."

순간 모두의 시선에 의심이 깃들었다.

'저게 맑은 거라고?'

'미쳤으면 큰일 날 뻔했군.'

'맑은 정신으로 툭하면 살인멸구를 하려 했다니……'

각자의 생각이 순식간에 스쳐 지나갔다.

"그런데 그러다 보니 토납법 하나 아는 게 있더라. 이류의 탈을 쓴 삼류였던 내 의형이 가르쳐 준 토납법."

속으로 욕을 쏟아내던 일행들이 다시 장무위를 향해 시선을 집중했다. 그들을 보며 장무위가 담담하게 말을 이었다.

"그걸로 하다 보니 나왔지. 시간? 그런 거 무의미해. 한

몇십 년 넘어가면 귀찮아져. 그렇게 나오니 말도 제대로 안 통하더라. 그때까지만 해도 몰랐지. 설마하니 사백 년이나 지난 줄은……."

그다지 길지 않은 장무위의 이야기가 끝이 났다. 사백 년 이상을 산 사람의 일대기치고는 너무 허무할 정도로 짧고 간단했다.

그런데 그게 더 소름 끼치는 일이었다.

청운을 비롯한 청 자 배 제자들의 얼굴이 창백해졌다.

'사백 년 동안 한 게 그것뿐이라니…….'

'면벽 수련 한 달 하는 것도 미칠 지경이었는데 사백 년 간…….'

다른 이들도 사백 년이라는 말을 처음 들었을 때는 그저 막연히 못 믿을 소리라고만 생각했을 뿐이다. 설마하니 사 백 년을 그리고 살았다고는 생각조차 해 본 적이 없었다. 그 때문인지 사백 년간 살아왔다고 담담하게 말하는 장무 위를 보며 그들은 할 말을 잊은 채 그냥 그대로 서 있을 수 밖에 없었다.

그림도 이해가 되었다.

그리움이 담겨 있었던 그림들. 동굴에다 그만큼 그리고 나와서도 담벼락, 혹은 바닥에 계속 그려왔던 그 그림들이 이제야 이해가 된 것이다. 그림 속 인물들이 그 시간을 유일하게 함께 보낸 존재였으니까.

그리고 토막 난 칼 역시.

항상 달고 다니는 쪽박 역시 이해가 갔다.

괜스레 미안해지는 걸왕이었다. 반검이 부서졌을 때 장무위가 분노했던 그 감정의 근원을 조금은 엿볼 수 있었기 때문이었다.

물론 미안함은 잠깐이었다.

이후 이어진 치욕스러운 기억이 꼬리를 물고 되살아났기 때문이었다. 걸왕의 표정이 일그러지든 말든 장무위는 자신의 말을 계속 담담하게 이어나갔다.

"뭐, 내가 살던 때는 세상이 어떻게 돌아가는지 알 수도 없었지. 사실 알고 싶지도 않았고 상관도 없었지만. 이 전쟁이 언제 끝이 나는지도 궁금하지 않았다고."

모두의 시선이 모였다. 그들을 바라보며 장무위가 입을 열었다.

"당장 중요한 건 코앞에 전투가 닥치느냐 마느냐지, 나머진 사치거든. 내일을 생각할 필요도 없는 삶이니까."

약간은 허무한 삶이었다. 내일을 꿈꾸지 않고 살아간다는 것은 참으로 힘든 일이다.

"뭐, 그 때문에 세상이 어찌 돌아가는지도 진짜로 모르긴 했다는 말이야. 화산에 있던 도관들이 언제 화산파가 되없는지도 예상을 하지 못하는 게 당연했지."

"그때라면 그럴 겁니다."

장무위가 말하던 시기라면 화산에는 수많은 도관이 난립해 있을 때가 맞았다.

"개방? 나도 거지였는데 그땐 상상도 하지 못했어. 내가 거지로 살 때는 다른 거지가 가장 큰 적이었지."

"마찬가지로 개방이 없었을 때였으니……."

걸왕 역시 순순히 인정했다.

그들이 장무위의 말을 인정하는 찰나, 그의 입가에 갑자기 짙은 미소가 떠올랐다.

"그럼 여기서 질문. 내 배분은 어떻게 계산할까?"

순간 모두가 입을 쩍 벌리고 장무위를 바라보았다.

＊　　＊　　＊

"잘하실까요?"

초조함이 담긴 광저의 질문에 막우가 더운지 손부채를 부치며 대꾸했다.

"뭐, 배운 게 없어도 남 등쳐 먹는 건 천부적이시잖냐."

"그건 그렇죠. 적당히 양심적으로 해 먹어서 그렇지."

광저의 대답에 막우가 얼굴을 일그러트렸다.

"양심은 개뿔."

양심이 있어서 막가파의 창고를 거덜 냈냐 라는 말을 하려다가, 먹는 거 좀 조공했다고 애들을 구해주고 거기에 복수까지 해 준 것을 떠올리곤 입을 다물었다.

잠시 입을 닫았던 막우가 퉁명스럽게 말했다.

"양심적인 게 아니라 자기 판단에 따르기 때문이다."

"뭐 다른 겁니까?"

광저의 질문에 막우는 장무위가 들어간 초옥을 바라보며 피식 웃음을 흘렸다.

"개똥도 약이라 판단하면 금덩이랑 바꿀 양반이란 거지."

"누가 그런 바보짓을 합니까."

"저 양반이라면 할걸? 금이야 어디선가 삥 뜯으면 되니까."

"개똥도 그러면 되잖습니까."

"그건 당장 필요하잖냐. 금은 아니고. 뭐, 금도 당장 필요하면 개를 잡아다가 싸게끔 할 양반이긴 하지만."

지저분하지만 제대로 된 비유였다.

광저 역시 그의 말에 고개를 끄덕였다. 사실 장무위는 어떨 때는 후하고 어떨 때는 짜서 한 번에 파악하기가 힘들었다. 그러나 막우의 말을 들어 보니 있을 땐 퍼주고 없을 땐

짜거나 퍼갔다.

　그게 장무위였다. 언젠가 벌어들일 금덩이보다 당장 필요한 고깃덩이를 선택하는 게 장무위일 것이다. 내일을 꿈꾸지 않고 살아왔던 버릇 때문에 말이다. 물론 지금은 조금 다르다.

　장원을 짓고 내일을 위해 조금씩 준비하는 모습은 장무위가 이 세상에 적응해 가고 있다는 증거였기 때문이었다.

　그때 뒤쪽에서 부스럭거리는 소리가 났다.

　"누구냐!"

　"만덕이요."

　뒤에서 나타난 것은 바로 만덕이었다.

　"바보냐? 아까부터 있었다."

　막우의 말에 광저가 머리를 긁적이다가 화를 버럭 냈다.

　"왜 숨어 있었어! 이놈아!"

　"그냥요. 저 갑니다."

　광저는 등을 돌리는 만덕이의 눈이 가느다래지는 것을 눈치채지 못했다.

＊　　　＊　　　＊

　쪼그리고 앉아서 뭔가를 하고 있는 만덕이에게 다가갔던

진이령이 코를 움켜잡으며 한걸음 물러섰다.

"이크! 이거 뭐야!"

"쉿, 금덩이야."

"개똥이잖아!"

"흐흐흐. 이거 비밀인데 장 대사부 형님 장주님이 개똥을 금이랑 바꾸신단다."

만덕이의 말에 이령이 눈을 동그랗게 뜨며 물었다.

"왜?"

"개똥이 필요하대."

"누가?"

"막우 아저씨랑 광저 사부가."

만덕이의 말을 들은 순간 이령이의 눈빛에 탐욕이 비치기 시작했다.

*   *   *

정적이 흐르는 방 안.

장무위가 다시 말했다.

"왜 대답이 없어. 걸왕이도 나 만나자마자 그랬잖아. 어린 노무 쉐키 꼴 뵈기 싫다고 덤비고."

"그, 그건 몰라서……."

"응, 모르면 용서가 되는구나. 그땐 나도 네가 내 나이를 아는 줄 알았어. 그럼 되냐?"

"그게 어찌……."

"그래, 그래서 그런 일 다시 없게, 족보 좀 따지자고."

장무위가 다시 그들을 보며 음흉한 미소를 지었다. 그러고는 아까도 했던 말을 다시 내뱉었다.

"말해 봐. 내 배분, 이 강호 무림에 통하는 족보를 말이야."

장무위가 악귀 같은 웃음을 입가에 머금고 있었다.

第六章

서열 정리

배분.

사실 이 배분이라는 게 강호 전반에 통용되면서도 통용이 되지 않는 것이다.

구대문파나 오대세가로 불리는 거대문파들, 또는 그에 버금가거나 유래 깊은 문파들 간에는 공통으로 통용이 된다. 하지만 어디 듣도 보도 못한 동네 문파 등은 여기에서 제외된다. 어중이떠중이까지 모두 끼워줄 수는 없는 법이다. 동네 문파가 화산이나 무당파 같은 곳에 배분 따지며 엉겨 붙는다면 그것도 웃기지 않는가? 게다가 모래알처럼 많은 문파들을 일일이 구분하기도 힘이 들고 말이다.

즉, 배분은 사실상 있는 자들끼리의 서열 정리일 뿐이다. 그런데 이런 상황에서 장무위가 서열을 말하고 나선 것이다.

장무위의 경우는 정말 난감했다.

일단 조화검신의 비동에서 나왔으니 그의 후인이라는 점은 분명했다. 그러나 후인은 후인일 뿐, 그 서열을 이어받지는 않는다. 그저 고인의 절기를 이어받은 것으로 친다. 보통은 나이가 젊은 경우가 많기 때문이었다. 다만 그 실력을 가늠하여 거기에 걸맞은 대우를 해주는 경우가 있기는 했다.

헌데 장무위는 나이도 많고 실력도 있다.

그렇기에 소요검선과 걸왕 일행이 섣불리 입을 열지 못하고 있는 것이었다.

배분이 깡패라고, 자칫 잘못했다간 정도 무림에 커다란 우환거리를 모시게 될 게 뻔했다. 그렇다고 대충 적당한 배분으로 취급했다간 걸왕이 곤란해진다. 명색이 개방의 최고수이자 정파 무림을 대표하는 화경의 고수이기 때문이다. 물론 그가 장무위에게 깨진 내용은 아직 널리 알려지지 않았지만, 은근히 아는 사람이 많은지라 위태위태한 상황이었다.

나이도 많고 강하고, 비록 그 무공을 익히지는 않았지만 조화검신이라는 든든한 백이 있는 게 장무위다.

곰곰이 생각해 보면 당연히 대접을 받아 마땅한 좋은 조건을 고루 지닌 장무위지만, 성격을 떠나 하는 짓마다 종잡을 수 없고 치명적이라는 게 가장 큰 문제였다.

"왜 말이 없지?"

"이보시오, 그게……."

소요검선이 서둘러 입을 열었다.

"예, 고객님. 말씀하시지요."

"……아니오."

싹싹한 장무위의 한마디에 소요검선은 입을 닫았다.

만약 소요검선이 이곳에 돈을 주고 머무르지 않았다면 아마도 걸왕과 비스무리한 대접을 받았을 것이다. 게다가 이젠 장무위가 살아온 경위에 대해서도 어느 정도는 알고 있지 않은가.

자신보다 삼백 살은 넘게 나이를 먹은 장무위 앞에서 계속 이보게 저보게 하는 것도 조금 어색해져 버렸다. 일반 사람들이야 눈에 보이는 대로 나이를 구분하지만 강호인들이 어디 그런가?

무공의 고하, 혹은 특성에 따라 젊어 보이는 인간도 있고 팍 삭아 보이는 인간도 있다. 그렇기에 외모로 상대를 판단하는 결례를 잘 범하지 않는다. 물론 걸왕이 첫 만남에서 장무위를 외모로 판단하는 실수를 하긴 했지만, 이 경우는 예외다.

걸왕 자체가 배분 상으로 보면 거의 정도맹 꼭대기 쪽이고, 장무위는 고수 같은 분위기에서 벗어나도 너무 벗어난 인간이기에 오해를 불러일으킬 만했다.

잘했다는 건 아니다. 결과적으로는 안목이 부족한 걸왕의 실책이다. 문제는 화경 고수의 안목을 벗어날 정도의 인간이 있다는 점이다.

"나이대로 하지?"

"그게 증명할 길이……."

현도가 조심스럽게 입을 열자 장무위의 대답이 폭포수처럼 쏟아져 나왔다.

"조화검신의 진이 증명하잖아. 내가 여태 설명했고. 그리고 그 동굴 안에 그린 그림, 그거 일이 년 동안 그린 거 같아? 거기다 조화검신 그 양반이 서책에도 청령삼재무한 시공진에 대해 써 놨잖아. 그런데도 못 믿겠다는 거야? 히야, 이거 이미 죽어 나자빠진 양반이라고 옛날 사람 무시하네?"

"그, 그건 아닙니다."

도무지 반박하기 어렵게 쏟아져 나오는 장무위의 대답에 현도의 말이 쏙 들어갔다.

"그럼 뭐, 실력으로 증명해야 하나? 걸왕, 네 소원 들어 주마. 복수의 기회를 주지."

"쿨럭! 쿨럭! 어르신, 제가 요즘 몸이 별로……."

순간 거칠게 기침을 토해낸 걸왕이 어르신이라는 단어까지 써 가며 괴로운 표정을 지었다. 그 모습을 본 장무위가 머리를 긁적이더니 소요검선을 바라보았다. 장무위와 시선이 마주친 소요검선의 몸이 잠시 움찔거렸다.

걸왕이 안 되면 비슷한 반열에 있는 인물은 그밖에 없었다. 선택은 끝나고 장무위가 소요검선을 향해 입을 열었다.

"그래? 그럼 할 수 없지. 고객님?"

"허허허!"

"고객님께서 저와 함께……."

"허허허!"

"무공 실력을……."

"허허허!"

"……."

"허허허!"

방 안에는 소요검선의 웃음소리만이 울릴 뿐이었다. 차마 하자는 말은 못 하고 그렇다고 못 하겠다는 말도 선택할 수 없는 소요검선의 대응책은 웃고 보는 것이었다.

초지일관…….

웃기만 하는 소요검선을 보며 장무위는 잠시 주먹을 말아 쥐었지만, 고객은 왕이라는 생각을 다시 떠올리며 주먹을 폈다.

"쓰읍."

입맛을 다신 장무위가 말똥말똥 눈을 뜨고 자신을 바라보고 있는 청운을 보며 한마디 툭 던졌다.

"너라도 할래?"

"저 가지고는 간에 기별도 안 가실 건데요?"

"그냥 해 본 소리다."

청운을 상대했다가는 양민 학살했다는 소리 듣기 딱 좋았다.

"청운아, 나 따라 해 봐라."

"예?"

"따라만 하면 안 때린다."

"……."

따라만 하면 뭘 준다는 게 아니라, 때리지 않는다는 협박을 대놓고 하는 장무위의 말에 청운이 얼떨떨한 표정을 지었다.

"뭔데요?"

청운은 일단 해야 할 일이 무엇인지 물어보았다. 그러자 장무위가 뚱한 표정으로 말했다.

"걸왕아, 뭐 하냐?"

"뭘 하긴 그냥······."

장무위의 말에 걸왕이 대답을 하려다 말았다. 장무위의 시선은 그가 아니라 두 눈을 둥그렇게 뜨고 있는 청운을 향하고 있었다.

장무위의 말이 이어졌다.

"뭐 해. 따라 해 봐. '걸왕아, 뭐 하냐?' 라고 말이지."

"그, 그걸 어떻게······."

"싫으면 다른 거 하지, 뭐. 한 번 정도는 기회를 더 줄게."

청운의 대답도 제대로 듣지 않고 태연하게 기회를 준다고 한 장무위가 다시 말했다.

"소요야, 뭐 하니?"

"억······."

"따라 해 봐."

청운은 얼이 빠진 채 입만 벌리고 있었고, 걸왕과 소요검선은 장무위의 행태에 얼굴을 굳혔다. 그들의 시선을 느꼈는지 장무위가 그들을 바라보며 말했다.

"왜 시작도 안 했는데 표정들이 그러시나?"

"아무리 성질난다고 해서······."

"내 기분이 그래, 지금."

"……."

장무위의 한마디에 말을 꺼내려던 걸왕이 그대로 입을 다물었다. 그들을 둘러본 장무위가 피식 웃으며 말을 이었다.

"거참, 내 반 토막도 안 산 노무 새퀴들이 장 형, 하질 않나. 이보시오, 저보시오. 이러네 저러네. 아주 웃기지도 않지. 그런데 지들은 그런 소리를 듣는 게 또 싫은가 보지?"

"나이가 전부는 아니지 않습니까. 외관상으로 보이는 게 있기에 오히려……."

보다 못한 현도가 소요검선과 걸왕을 거들기 위해 말문을 열었다. 하지만 장무위는 그의 말을 중간에 자르며 하고 싶은 말을 했다.

"자꾸 똑같은 말 할 거야, 도사 양반? 아무리 나이를 똥꾸녕으로 먹는다 해도 먹은 건 먹은 거잖아. 나 혼자 그 안에서 살았다 해도 산 건 산 거잖아, 안 그런가? 그런데 왜 니들은 세상의 잣대로 살아가고 난 그러면 안 되느냐, 이거지."

장무위의 표정이 기어이 험상궂게 변했다.

"왜? 성격이 드러워서? 그거 이야기했잖아. 못 배워서 그렇다고."

"으음."

점차 방 안의 분위기가 무거워졌다. 그때 장무위가 고개를 갸웃거리더니 뭔가 떠오른 듯 말을 꺼냈다.

"아니다, 못 배운 건 아니지."

장무위의 눈가가 번들거리기 시작했다. 뭔가 위험한 냄새를 맡은 청자 배 제자들의 이마에 땀방울이 송골송골 맺히기 시작했다. 장무위가 다시 말했다.

"이십 년간 전쟁터에서 많은 걸 배웠지. 배운 대로 사는 것도 나쁘지는 않겠네, 그치?"

"……."

순간 소요검선부터 시작해서 걸왕과 현도 일행까지 저도 모르게 각자 무기를 잡아가고 있었다. 창백하게 질린 청풍의 머릿속으로 한 가지 생각이 스쳐 지나갔다.

'대마두의 탄생인가!'

그때 소요검선의 말문이 드디어 트였다.

"틀린 말 하나 없구려."

"소요 선배……."

"우리는 우리 잣대로 살아가고 누구는 그 잣대에 포함시키지 않는다면, 그것 역시 위선 아니겠는가?"

"……."

소요검선의 말에 아무도 반박을 하지 못하였다. 그의 말대로 이런저런 이유를 들고는 있지만, 어찌 보면 이유는 간단했다.

결국 인정하기 싫다고 하는 것이나 마찬가지였다.

비록 장무위가 존경받을 만한 성품의 인사는 아니지만, 화경의 고수라는 게 이런 푸대접을 받아도 될 사람이 아닌 것이다.

그들은 워낙에 장무위란 인간을 겪어 봤기 때문에 거부감이 드는 것뿐이다. 실제로 장무위가 지금까지 한 행적들을 보면 정도맹 입장에서 도움이 될 일을 하면 했지, 손해를 입힐 일을 한 적은 없었다.

"허나 강호라는 세상은 이득 집단이나 마찬가지요. 홀로 우긴다고 인정을 해 주는 곳이 아니라는 말이오."

"안 믿으면 패지."

장무위가 입꼬리를 올렸다. 그 모습을 보며 청운은 한탄했다.

'이야기책에서는 보통 이런 경우 나이를 속이고 살아가더니 그게 다 헛소리구나. 한 살이라도 더 찾아 먹으려고 하는 게 현실이었던 거야.'

순간 청운의 눈에 정광이 살짝 깃들었다. 반딧불만 한 빛이었다.

"뭐, 뭐야, 사제?"

그 빛을 본 청수가 놀란 시선으로 묻자 청운이 허탈하게 대꾸했다.

"반짝 깨달음인 거 같은데요."

"그, 그게 뭐지?"

"저도 어이없어서. 여하튼 뭐 하나 작지만 깨달음을 얻긴 했습니다."

말을 하는 청운도 어이없는 표정을 지었다.

"그런 것도 깨달음이냐?"

청 자 배 제자들을 보며 현도는 씁쓸한 미소를 머금었다.

'이 와중에 깨달음이라니. 하긴……'

현도는 새삼스러운 눈으로 장무위를 바라보았다. 깨달음이란 기존의 시각을 탈피하여 새로운 시각으로 사물을 살피는 것으로부터 시작된다.

그런 면에서 봤을 때, 장무위란 인간과의 대화는 모든 것을 새로운 시각에서 보게 만드니 깨달음을 얻지 못할 것도 없다. 멀쩡한 인간이 비정상적으로 살아오다 보니 희한한 사고방식을 가지게 되었는데, 그게 일반인들 입장에선 신선한 것이다.

기연이라면 나름 기연이지만 상황이 상황인지라 그저 흐지부지 지나갔다. 본인도 그렇고 주변의 반응도 그랬다. 청수나 청풍은 부러움보다는 뭐 이런 상황에서 뜬금없이 깨달음인가, 싶은 표정이었다.

"풉!"

순간 현도의 입에서 웃음이 터져 나왔다.

"웃기나 봐, 도사 양반?"

장무위가 삐딱한 표정으로 말을 붙이자, 현도가 웃음기를 지우지 않은 채 그대로 입가에 미소를 달고 대답했다.

"좀 그렇습니다. 어찌 보면 당연한 일인데, 강호의 내로라하는 분들이 쩔쩔매는 것이나 거기에 대고 족보 정리 하자고 으름장 놓는 상황이 참 재미있습니다."

순간 걸왕과 평소 털털한 웃음만 보이던 소요검선마저 현도를 노려보았다. 그러자 찔끔한 현도가 재빨리 말을 이었다.

"결국 우리 모두가 외부의 눈을 의식해서 이렇게 이야기가 복잡해지는 것 아니겠습니까?"

사실 현도는 마음 편한 입장이다.

예전이라면 모르겠지만 걸왕도 장무위에게 상대가 안 되는 마당이고 또 그 나이가 감당할 수 없을 만큼 위라는 것을 알았을 때, 현도는 그저 괴팍한 윗사람 하나 더 생긴 셈 치기로 마음먹었다.

지금 장무위가 처음부터 걸왕을 걸고넘어지는 데에는 아무래도 생각한 부분이 있는 모양이었다.

그때 걸왕이 묵직한 음성을 내뱉었다.

"사백 년이란 나이가 전 강호 무림에 통용되지는 않을 거요. 게다가 조화검신의 후예라는 부분은 본인이 알려지는 것을 꺼릴 터이고 말이오."

"그래서?"

장무위가 한쪽 눈썹을 치켜올리며 묻자, 걸왕이 탁자를 탕 하고 내리치며 호탕하게 대답했다.

터엉!

"까짓 거! 나와 친구 먹읍시다!"

"이거 너무 조용한데요, 형님? 또 뭔 일 저지르는 건 아니겠죠?"

광저가 걱정 어린 음성을 내뱉자 막우 역시 초조한 표정으로 대꾸했다.

"설마 그러시겠냐. 이게 얼마나 중요한 이야긴데. 잘 이야기해 보라고 말씀드렸으니……."

콰앙!

막우의 말이 채 끝나기도 전에 문이 박살 나며 걸왕이 튕겨 나왔다. 소매가 너덜너덜거리는 것이 이미 장무위의 공세를 한차례 막은 뒤인 모양이었다.

"뻑 하면 주먹질이오!"

"이런 버르장머리 없는 새퀴를 봤나! 아주 이젠 친구 먹자고 구냐!"

문지방을 넘어 밖으로 나온 장무위가 침을 튀기며 쏘아붙이자 걸왕이 시뻘겋게 달아오른 얼굴로 대꾸했다.

"허어! 내 강호 지위와 체면이 뭐 구슬치기로 얻은 걸로 아시오!"

"오냐! 그 강호 지위와 체면, 널 쳐서 얻으련다!"

말이 끝나기가 무섭게 장무위의 주먹이 소나기처럼 쏟아지기 시작했다. 그러자 걸왕 역시 덩달아 바빠졌다. 한 대라도 맞지 않으려고 바쁘게 양팔을 움직였다. 공격을 이기지 못한 양팔의 옷가지가 갈가리 찢어졌고, 팔 위로 우윳빛 막이 일렁이기 시작했다. 몸을 보호하는 강기가 흔들리기 시작한 것이다.

그때 이 소란을 듣고 제갈장천과 정천진인이 문을 빠끔히 열고 밖을 내다보았다. 그 광경을 본 소요검선이 더는 안 되겠다 싶어 온몸에 진기를 끌어 올리며 뛰어올랐다.

"으음."

웅혼한 기운이 느껴지는 소요검선의 모습에 현도는 절로 신음을 흘렸다. 확연하게 느껴지는 막대한 내력을 보니 그가 왜 화경의 고수들 중에서도 수위에 놓이는지 알 수 있었던 것이다. 이는 청 자 배 제자들도 마찬가지였다.

걸왕과 장무위의 다툼은 분명 화경의 고수들 사이의 다

툼이었지만 왠지 개싸움 같았다. 그런 와중에 소요검선이 화경의 고수다운 위세를 보였으니, 노고수의 무위에 눈이 가는 것은 당연했다.

내력을 잔뜩 끌어올린 소요검선은 바로 장무위와 걸왕의 사이로 뛰어들었다.

"멈추시게들!"

콰아앙!

커다란 폭음이 울려 퍼지고 난 뒤 먼지구름이 뭉게뭉게 피어올랐다. 장무위와 걸왕이 각기 발과 주먹을 뻗은 채로 서 있었고, 둘 사이에 소요검선이 서 있었다.

순간 현도의 표정이 똥 씹은 것처럼 변했다.

장무위의 발은 소요검선의 옆구리에 박혀 있었고, 걸왕의 주먹은 그의 볼에 멈춰 있었다. 장무위가 천천히 발을 거둬들이며 중얼거렸다.

"거 왜 괜히 끼어들어서……."

"소, 소요 선배! 괜찮소?"

"끄응, 들어들 가십시다."

갑자기 뛰어든 소요검선을 보고 장무위가 본능적으로 발을 틀어 그의 옆구리를 두들겼고, 그 덕에 소요검선은 걸왕의 주먹을 제때 막지 못해 얼굴에 정통으로 얻어맞은 것이다.

결국 몸으로 때운 것이나 마찬가지다.

"이, 이거 참, 요새 눈이 침침해서."

정천진인은 보고도 못 본 듯 고개를 돌렸고…….

"……."

제갈장천은 그대로 시선을 올려 하늘을 바라보았다. 마치 처음부터 하늘을 보려 했었다는 것처럼.

때론 보고도 못 본 척해야 할 때가 있는 법이다.

"……."

한쪽 볼이 살짝 부어오른 소요검선은 불편한 기색으로 앉아 있었다. 걸왕은 말 그대로 좌불안석이었고, 장무위는 약간, 아주 약간 미안한 표정을 짓고 있었다. 소요검선이 불편한 분위기를 깨고 입을 열었다.

"원하시는 것을 말씀해 보시구려."

"음?"

"그게 나을 것 같소이다."

"뭐, 아까 말한 대로 나이로 갑시다."

"그럼 그렇게 공표해도 되겠소?"

"음?"

"정도 무림에 공표해 드리지요. 조화검신의 후예이시며 사백여 년을 넘게 산 최고 배분의 고수께서 여기 계시다고 말입니다."

"아니, 그럴 것까지는……."

"아닙니다. 그리해야겠지요."

소요검선이 갑자기 말을 높이자 장무위의 표정이 얼떨떨
해졌다. 그런 장무위에게 소요검선이 다시 말을 이었다.

"아마 강호의 모든 이들이 몰려올 것입니다. 존경심을
가지고 일거수일투족을 살피며 고수의 풍모를 확인하려 하
겠지요. 그리되면 싫어도 온 강호 무림의 이목이 이곳으로
집중될 겁니다. 장담하지요."

"그, 그건 좀……."

"아마 사백 살이 넘는 나이 때문에 여인들이 어려워하겠
지만, 뭐……. 사람 사는 세상인 만큼 나이를 초월하는 사
람도 있겠지요. 제가 알기로는 검녀문의 태사조인 천절검
후께서 세수가 백이십이 넘었으니 삼백여 년의 나이 차라
해도……."

"자, 잠깐! 백이십이면 너무 늙……."

"사백 살은·젊습디까?"

"……."

순간 장무위는 말을 잃었다. 그리고 심각한 표정으로 생
각에 잠겼다.

한참을 고민하던 장무위가 고개를 들었을 때, 자신을 포

위하듯 엉거주춤한 모습으로 둘러선 채 각자 당장에라도 무기를 뽑으려 하는 모습이 눈에 들어왔다.

"응? 뭐지?"

"방금 살기가……."

청운이 잔뜩 긴장한 표정으로 중얼거리자 장무위가 손을 휘휘 저으며 말했다.

"뭔 살기. 그냥 버릇이야, 버릇."

고민하던 중간에 '다 죽여 버릴 수도 없고.' 라는 생각을 했는데 그때 은연중에 살기가 풍겼던 모양이었다. 하지만 일행들 입장에서는 장무위가 대화보다 좋아하는 게 살인멸구인 것을 알기에 자그만 살기에도 순식간에 긴장을 할 수밖에 없었다.

장무위가 머리를 벅벅 긁었다.

중요한 문제라서 열심히 밀어붙이긴 했는데 너무 밀어붙인 감이 있었다.

확실히 나이가 주는 장점은 있지만 그 나이가 필요 이상으로 많은 게 마음에 걸렸다. 나름대로 집구석도 좀 꾸미고 살려는 원대한 꿈을 가진 장무위로서는 아리따운 부인은 필수 요소다. 하지만 아무리 아름다운 재원(才媛)이라 해도 백이십은 일단 기준에서 너무 멀어지지 않겠는가.

물론 자신의 나이는 순전히 계산에도 두지 않고 고민하

는 장무위였다. 장무위야말로 '나이가 대순가?'라는 생각
을 할 뿐이었다.

"큼. 괜히 분란을 일으킬 필요는 없지 않소."

"뭐, 나이를 초월해 친구 먹었다고만 하면 될 것 같은
데……."

장무위가 소요검선을 똑바로 쳐다보며 말했다.

"그건 내가 아까 말한 것 아니오!"

"넌 이 양반이랑도 친구 먹었냐?"

"응? 그, 그럼?"

"당연히 넌 내 밑이지."

"그런……."

걸왕이 억울하다는 듯 무어라 말을 꺼내려 하자 장무위
가 인상을 험악하게 구기며 한마디 툭 던졌다.

"까짓 거 다 때려치우고 나이로 다시 할까?"

"그럼 장가는……."

"어디 반반한 아낙 보쌈하지, 뭐. 쌀이 익어 밥이 되고
나면 문제 있겠어?"

"……."

걸왕의 얼굴이 시커멓게 죽었다. 천인공노할 소리지만
왠지 그냥 하는 말 같지 않다는 게 문제다. 도저히 화경의
고수가 할 만한 짓이 아니었지만 장무위라면 그리할 것 같

았다.

"서, 선배라 부르겠소!"

걸왕은 결단을 내렸다.

어찌 보면 어르신보다는 선배가 낫지 않은가?

장무위가 화답했다.

"넌 형님이라 불러라."

"……."

장무위는 환하게 웃고 있었다. 꼭 그렇게 부르라는 무언의 압박과도 같은 미소였다.

*　　*　　*

문이 열리며 장무위가 뒷짐을 지고 방을 나왔다. 그때까지 조마조마하며 기다리고 있던 막우와 광저가 환한 얼굴로 그를 맞이했다.

"어찌 되셨습니까?"

"커흠."

장무위는 대답 대신 고개를 꼿꼿이 세웠다. 그 모습에 이야기가 잘 되었다는 것을 직감한 막우의 얼굴에 웃음꽃이 피었다.

"흐흐흐. 잘된 거죠, 형님?"

광저 역시 이야기가 잘된 것을 느꼈는지 히죽 웃으며 막우에게 확인하듯 말했다.

"어흠. 그럼 나는 무위장 개장 준비가 잘 되어가나 가 볼 터이니, 늬들은 애들 관리 잘하고 있어라. 알겠냐?"

"예!"

"일단 내 이름에 먹칠은 하지 않아야 하니 개장할 때 기녀들도 좀 팍팍 불러. 이쁜 애들로다가, 앙?"

"……."

자기 이름에 스스로 먹칠을 하려고 용을 쓰는 장무위의 말에 막우는 그냥 입을 다물었다. 일단 지금은 기분이 좋은 상태니 더 건드리지 말고 다음에 말을 해서 여자 부르는 건 못 하게 해야겠다고 생각했다.

장무위가 가고 난 뒤, 광저가 환한 얼굴로 말을 걸어왔다.

"형님, 안 그래도 이번에 우리 동네에 새로 온 애들이 기똥차게 이쁜데 그 애들로다가……."

"너까지 왜 그러냐?"

막우가 인상을 쓰며 광저를 바라보았다. 그때 서늘한 기운이 막우를 엄습해왔다. 서릿발처럼 차가운 한기에 막우는 천천히 시선을 돌렸다.

"놈……."

걸왕이 장무위가 나온 방문 앞에 서서 막우와 광저를 노려보고 서 있었던 것이다.

"가, 가자……."

걸왕의 심상치 않은 시선을 느낀 막우가 광저의 팔을 끌며 몸을 돌렸다. 광저 역시 심상찮은 느낌을 받았는지 두말 않고 돌아섰다.

하지만 뒤로 돌아선 그들을 반긴 것은 조금 전까지 방문 앞에 서 있던 걸왕이었다.

"더헙……!"

광저가 놀라 소리를 치려다 스스로 입을 막았다. 막우 역시 심장이 덜컹하는 느낌을 받았으나 가까스로 침착함을 유지했다.

"어, 어르신, 뭐 필요하신 것이라도……."

"네놈이지."

"네?"

"네놈 맞지?"

다짜고짜 네놈이냐고 질문부터 던지는 걸왕의 모습에 광저는 어리둥절한 시선을 보내었다. 하지만 막우는 뭔가 걸리는 것이 있는지 살짝 굳은 얼굴로 입을 열었다.

"무슨 말씀 하시는지 잘 모르겠습니다."

"네놈이 저 인간 부추겼잖아!"

잡아먹을 듯한 기세로 다가드는 걸왕의 질문에 막우가 한 걸음 물러섰다. 걸왕의 말대로, 강호에서의 배분 문제를 해결해야 한다며 장무위의 옆구리를 찌른 게 바로 그였기 때문이었다.

막우와 이전 막가파 인원들은 이제 좋으나 싫으나 장무위와 함께 엮여서 살아가게 되었다. 당연히 많은 사건 사고를 몰고 다니는 장무위의 행동거지 하나하나에 심장이 털렁털렁거렸다.

최근에 가끔 악몽을 꾸게 되었는데, 그중 하나가 무림 공적의 수하로 찍혀 쫓기다가 죽는 꿈이었다. 물론 그 꿈에서조차 장무위는 살아남아 도망갔다. 그냥 '미안, 얘들아.' 라는 말만 남기고 말이다. 마치 앞날을 예견하는 것 같은 꿈을 연달아 꿔 대자, 막우는 이대로는 안 되겠다 싶어 장무위를 설득했다.

장무위 역시 돈을 벌 수 있어 좋기는 하지만, 자꾸 귀찮게 엮이는 강호의 인물들을 보며 걱정하고 있던 참이기에 막우의 설득은 제대로 먹혀들어갔다.

사실 장무위란 인간 자체가 낮살 먹었다고 대접받는 것을 좋아하는 인간은 아니었다.

전쟁터에 있을 때에는 명령을 내리는 인간과 듣는 인간, 이 두 가지 구분만이 있었을 뿐이다. 나이가 많든 적든 죽어 나가는 건 태어난 순서와는 상관이 없기에 계급을 제외한 나머지 구분은 거의 없다시피 했다.

그나마 있다면 힘?

그래 봐야 그것도 잠깐이다. 힘 좀 있다고 거들먹거리다간 전장에서 등에 칼침 맞기 딱 좋았다.

그래도 최근에는 세상 물을 조금 먹은 덕에 기왕이면 뭔가 대접을 받는 게 좋다는 걸 장무위도 깨달아 가고 있었다. 그런 그였기에 막우의 충심 어린 조언을 듣고 움직였던 것이다.

"네놈 때문에 내가 저 인간을 형님이라 부른다."

분노하는 걸왕의 눈동자 속에서 불길이 화악 하고 타올랐다. 당장이라도 홀랑 사람을 태워 버릴 것 같은 안구를 눈앞에 두고서 창백하게 질린 막우는 더듬거리며 겨우 말을 꺼내었다.

"그, 그냥 앞으로 어떻게 하는 게 좋은가 물어보시기에……"

정말 비슷하게 물어는 봤다. 다만 방법을 이것으로 밀어주었다 뿐이지.

사실 이것도 걸왕이나 소요검선이 있기에 가능한 방법이었다. 강호 무림 입장에서 따지고 보면 장무위는 굴러온 돌이다. 조화검신의 후인이니 뭐니 거창하긴 해도 냉정히 생각하면 말 그대로 굴러온 돌, 혹은 잘해 봐야 입맛 다시게 만드는 목표물일 뿐이었다. 실제로 이미 제갈장현이나 정천진인이 입맛을 다시고 있지 않은가.

장무위란 인간은 뭐 하나 정해진 위치가 없었다.

강호에서 이름을 날리고 인정을 받기 위해서는 평판이 필요하다. 그 평판을 얻기 위해 강호를 돌며 비무행을 하거나 협행을, 또는 반대로 살행을 하는 것이다.

물론 장무위도 이런 식으로 이름을 알릴 만한 능력이 있었다. 그리고 아직 그라고 정체가 밝혀지지는 않았지만, 강호에 통용되는 별호가 두 가지 있다. 비급 사냥꾼과 암암리에 퍼지고 있는 정력신마라는 별호였다. 문제가 있다면 이 두 가지는 그게 본인임을 알리기 어렵다는 점이었다.

그리고 직접 이름을 알리는 방법으로는 장무위부터가 귀찮아서 움직이지 않을 것이고, 지금까지 거둔 성과만 봐도 굳이 안 움직여도 될 정도로 너무 굵직한 것들뿐이다. 예를 들면 화산의 군자 매화검 현도를 시작으로 전마성의 귀검과 귀면수라 염적우, 그리고 혈마단 부단주인 적면마까지……. 굵직한 인물만 작살을 냈다.

그뿐인가?

걸왕이 깨진 사실만 해도 위의 일들을 전부 덮어 버릴 수 있을 만큼 강력한 파괴력을 가지고 있었다.

그동안 일부 사실만 알고 있다가, 장무위란 인간이 싸락골에 들어와 사는 그 짧은 기간 동안 이렇게 크고 다양한 사건들을 저질렀다는 것을 처음으로 안 막우는 야반도주를 심각하게 고민하기도 했다. 게다가 막가파로 침입해온 인물 중 장무위에게 떡이 되도록 맞아 죽은 자가 그 유명한 적면마라는 사실을 뒤늦게 알고, 자신이 얼마나 무지막지한 인간과 함께 있는지 직간접적으로 느끼게 되었다.

　결국 강호를 돌며 장무위의 이름을 알린다는 계획은 접었다.

　아니, 꺼내지도 않았다.

　장무위처럼 삶의 기준이 자기에게 맞춰진 인간과 함께 강호를 돌면, 강호가 아니라 자기 머리가 돌아버릴 일만 생길 것이 뻔했기 때문이었다.

　그렇기 때문에 오늘의 일이 일어난 것이다.

　장무위는 이름이 알려지면 오만가지 귀찮은 일이 벌어질 것을 본능적으로 알고 있기 때문에 조용히 처리하려고 하지만, 지금의 상황은 이미 완전히 숨기는 그른 상황이었다. 다른 동네로 가서 숨어 산다면 혹시 모르겠지만, 애초에 그게 가능할 인간도 아니었다. 떵떵거리고 돈 팍팍 쓰며 살아가고 싶은, 욕망에 충실하고 흔하디흔한 졸부에 가까운 인간이 바로 장무위다.

고로 적당히 대접받으면서도 웬만한 이들은 범접하지 못하게 만들 수 있는 방법이 필요했는데, 가장 적당한 게 바로 걸왕과 소요검선을 방패 삼는 것이었다. 걸왕과의 대련에서 장무위가 이겼음에도 그 사실은 몇몇만 알고 있었고, 또 그 몇몇조차 모두 쉬쉬하고 있었다.

막우는 그 사실을 가지고 대화를 나누면 충분하다고 보았다. 막우가 생각하기로는 걸왕만 인정하면 족하다 싶었는데, 지금 걸왕이 내뱉은 말로 보아 그렇게 단순하게 끝나지 않은 모양이다.

걸왕이 형님이라 부르게 되었다는 말에 막우는 예상한 것보다 더 좋은 모양새가 되었다는 생각과 동시에, 앞으로 한동안 걸왕은 피해 다녀야겠다는 생각을 했다.

✳   ✳   ✳

제갈장천과 정천진인, 그리고 천만개가 오랜만에 함께 자리를 하고 있었다. 걸왕과 소요검선의 부름을 받아 한자리에 모인 것이다.

서로 노리는 바가 같은 정천진인과 제갈장천의 시선은 잠시 마주칠 때마다 칼질을 하듯 불똥을 튀기고 있었다. 그리고 천만개는 사형인 걸왕을 게슴츠레한 눈으로 바라보며 또 무슨 짓을 저질렀느냐는 무언의 질문을 던지고 있었다.

물론 눈빛뿐이었고, 실제로는 입을 열지 못하고 있었다. 이 자리에는 걸왕뿐 아니라 소요검선도 있었기 때문이었다. 두 화경의 고수가 뿜어내는 존재감은 그들이 쉽게 감당할 수 있는 것이 아니었다.

소요검선이 천천히 입을 열었다.

"이 집의 주인에 대해서는 다들 알 것이네."

차분한 어조였지만 대뜸 장무위를 언급하면서 시작된 소요검선의 말에 셋은 귀를 기울이기 시작했다.

"일부 알려진 것도 있지만 아직 알려지지 않은 사실도 있네만……."

잠시 뜸을 들인 소요검선이 다시 말을 이었다.

"바로 보이는 것보다 그의 나이가 많다는 점일세. 비동의 영향을 받아 반로환동이 아님에도 젊음을 유지해 왔다고 하네."

소요검선의 말에 제갈장천은 뭔가 의미심장한 표정으로 고개를 끄덕이며 입을 열었다.

"왠지 그럴 것이라 추측은 했었습니다. 비동에서 뭔가를 꾸준히 유지하게 만드는 형식으로 구성된 진법의 흔적이 발견되었습니다. 물론 진이 해체되면서 저절로 파괴되는 바람에 그 흔적만 알 수 있었지만 말입니다. 일이십 년 정도는 충분히 가능하다고 봅니다."

제갈장천의 대답에 소요검선이 짧게 대답했다.

"실은 나보다도 많네."

"그, 그럴 수가?"

"이미 이리저리 확인해 본 것이네. 그리고 그 무위 역시 우리와 필적하지."

"크흠."

걸왕이 헛기침을 하며 고개를 끄덕이자 천만개가 가증스럽다는 시선을 보내었다. 하지만 일부러인지는 몰라도 걸왕은 천만개가 앉아 있는 방향으로는 단 한 번도 시선을 주지 않고 있었다.

소요검선의 말이 다시 이어졌다.

"처음에 우리가 그를 알았을 때에는 아직 조화검신의 비동이 발견되기 이전이었다네. 우리는 순수하게 서로의 무에 감탄하며 이곳에서 시간을 보낸 것이지. 그 역시 우리와 함께 무를 논하며 이곳에서 조용히 살고자 했다네."

소요검선의 말을 들은 제갈장천이 잠시 장무위의 전각을 바라보며 머리를 긁적였다. 조용히 사는 것과는 좀 다른 느낌을 받았기 때문이었다.

"크음, 조용히 산다고 해서 가난하게 살아야 하는 것은 아니지 않은가. 그냥 살아가며 베풀기도 하고 이웃들과 나누기도 하고 그렇게 사는 것이네."

"그렇군요."

이번에는 제갈장천도 수긍하는 표정을 지었다. 거지들의 성자 이야기는 그도 들었었기 때문이었다.

"어찌 되었든 그리해서 그가 한 일의 일부를 걸왕이 도와주게 되었었네."

"음."

"혹시 그럼 전마성과의 충돌들이……."

"암, 그 친구가 미리 손을 쓴 것이었네."

소요검선의 대답에 제갈장천과 정천진인의 얼굴이 환하게 밝아지면서 동시에 입을 열었다.

"정파 무림에 홍복입니다!"

"화산과의 연이 닿았을 때도 느꼈지만, 역시 장 대협은 보통 분이 아니군요."

제갈장천은 잠시 화산과의 관계성을 강조하는 듯한 말을 섞은 정천진인을 슬쩍 흘겨보았다. 물론 정천진인의 시선은 소요검선을 향하고 있었다. 그들의 신경전을 아는지 모르는지 소요검선은 계속 말을 이었다.

"그렇지, 그 친구는 바로 정파의 홍복이라 할 수 있겠지."

"그런데 아까부터 그분을 지칭하는 말씀이……."

소요검선의 말투에서 이상함을 느낀 제갈장천이 조심스럽게 말문을 열었다. 그러자 소요검선이 입가에 미소를 머금고 대답했다.

"의기가 서로 맞아 강호를 함께할 친우가 되기로 했다네."

"협!"

소요검선의 발언에 제갈장천은 물론 정천진인의 두 눈이 동그랗게 커졌다. 천만개 역시도 이 사실은 처음 듣는지라 놀라지 않을 수 없었다.

그때까지 소요검선의 옆에 앉아 있던 걸왕이 아껴왔던 한마디를 내뱉었다.

"내게는…… 의형이 되어 주시기로 했다네. 하하하!"

걸왕이 자랑스럽게 웃었다. 그런 걸왕을 보며 천만개는 걸왕의 두 눈이 바르르 떨리는 것을 알아챘다. 정말 하기 싫은 일을 할 때 나타나는 그의 버릇이었다. 천만개는 놀라면서도 걸왕을 향해 애틋한 눈빛을 보내며 전음을 날렸다.

[그걸로 타협 봤구려?]

"하하하하……."

호탕한, 그러나 천만개에게는 허무하게 들리는 걸왕의 웃음만이 초옥을 울릴 뿐이었다.

第七章

고수는 고수를 알아보고……
선수는 선수를 알아본다

　환한 미소를 달고 있는 장무위와 그저 담담한 미소를 짓고 있는 소요검선, 그리고 유쾌해 보이는 것이 오히려 위화감이 느껴져 웃는 얼굴이 마치 우는 얼굴처럼 보일 지경인 걸왕. 세 사람이 한자리에 앉아 이렇게 가지각색의 미소를 입에 달고 있었다.

　그 앞으로는 정천진인과 제갈장천이 조심스러운 표정으로 앉아 있었다. 아직 공식적으로 소속이 생긴 것은 아니지만, 소요검선이라는 거물의 친우라면 섣불리 다가가기가 어려웠다. 게다가 아무리 봐도 젊어 보이는 저 얼굴로 소요검선보다도 나이가 많다고 하니 놀라울 수밖에 없었다.

"두 분이 친우셨는지 몰랐었습니다. 미리 언질이라도 주지 그러셨습니까."

마주 앉은 제갈장천이 아쉬운 음성을 토해내었다. 제갈장천은 놀랍기도 놀랍지만 아직 의심의 기색을 버리지 못한 눈치였다.

"크흠, 굳이 세상에 나의 존재를 알리기 싫다는 의미라네."

장무위가 일부러 거드름을 피우며 대답했다.

어색했다. 항상 건들거리는 언행만을 하던 장무위가 배분이 높은 어른 시늉을 하려니 어색한 것이 당연했다.

이미 이 자리에 오기 전, 소요검선과 걸왕을 통해 들은 바와 똑같은 이야기를 하는 장무위의 모습에 제갈장천과 정천진인은 다시 한 번 고개를 끄덕였다. 적어도 거짓은 아닌 것 같았기 때문이었다.

"허나 저도 정도맹에 보고를 해야 하는 입장인지라……."

"화산의 입장에서도 화산 제자에게 깨달음을 주신 은인을 그저 모르쇠 할 수는 없습니다. 게다가 어제 또 청운이의 깨달음을 이끌어 주시지 않았습니까."

둘은 이대로 물러설 수 없다는 듯 열심히 줄을 대기 위해 노력했다. 청운은 정천진인의 이야기 속에 자신도 포함되자 고개를 푹 숙였다.

'하도 어이가 없어서 깨달은 것뿐인데…….'

게다가 그것도 반딧불만큼 쥐똥만 한 깨달음이다. 어디 공력이 높아졌다든지, 내력이 깊어진 것도 아니었다. 물론 아예 효과가 없는 것은 아니라 정신적인 면에서 좀 발전한 것은 사실이었다.

단지 그뿐이었다.

그런데 그걸 가지고 억지로 가져다 붙이는 정천진인을 보며, 청운은 차마 뭐라고 말은 못 하고 그저 속으로 한숨만 내뱉을 뿐이었다.

정천진인의 말에 장무위가 눈을 가늘게 뜨며 입을 열었다.

"뭐, 정히 고맙다면야 돈으로다가…….."

"커허음!"

"쿨룩!"

장무위의 말 중간에 동시다발적으로 현도와 걸왕의 기침 소리가 끼어들었다. 그 덕에 제대로 듣지 못한 정천진인이 조심스럽게 다시 물었다.

"……돈이라고 하셨습니까?"

장무위는 걸왕이 한쪽 손으로 입을 가리고 뻐끔거리는 것을 보고 뒤통수를 한 대 후려치고 싶은 기분에 휩싸였다.

'작작 좀 해 처먹으쇼!'

눈알까지 부라리는 게 간덩이가 확실하게 부었다고 생각했다. 하지만 지금은 그럴 때가 아니라는 것쯤은 그도 알고 있었다.

"……그냥 남는 돈으로 주변 중생이나 도우면 그걸로 족하단 말이오."

마음에도 없는 소리를 하는 장무위의 입가는 웃고 있었지만, 눈가는 부르르 떨리고 있었다. 그제야 걸왕과 소요검선, 그리고 현도는 안도의 숨을 내쉬었다. 정천진인은 장무위를 보며 감탄 어린 음성을 내뱉었다.

"역시 세상의 민초들을 먼저 생각하시는 모습은 가히 성인이라 부를 수 있겠습니다."

"허헛! 뭐, 성인까지야……."

칭찬이 싫지는 않은지 장무위는 활짝 웃음을 지었다.

'저 인간이 성인이면 나도 성인이겠다.'

걸왕이 애써 하고 싶은 말을 속으로 삼켰다. 그러고는 제갈장천을 보며 입을 열었다.

"정도맹에는 간략하게 보고만 하게나."

"그게 참……."

"어차피 우리와 친분이 있으니 별문제는 없지 않은가."

걸왕이 재차 말을 하자 제갈장천도 더 이상 무어라 하지 못했다.

같은 화경의 고수라지만 흐르는 대로 살아가는 성향이 강한 소요검선과는 달리, 걸왕은 정도맹에 직접적으로 막대한 영향을 끼치고 있는 인사 중 하나였다. 무력도 무력이지만 개방이라는 거대방파까지 등에 업은 이가 바로 걸왕이기 때문이었다. 맘만 먹으면 소림사도 거덜 낼 수 있는 게 개방이었다.

물론 싸움으로가 아니다.

예전에 소림과 개방 사이에 사소한 다툼이 있었는데, 그때 화가 난 천만개가 각지에 흩어져 있던 거지들을 몽땅 끌고 숭산으로 갔다. 해서 아침부터 밤까지 거지들이 줄을 지어 소림사에 올라 예불을 드리고 공짜 밥을 얻어먹었다. 그렇게 일주야를 쉬지 않고 밥을 구걸해 먹자 소림사의 재정이 휘청거린 것이었다. 그렇다고 소림사가 거지들에게 밥도 안 주고 내친다는 소리를 들을 수는 없었다.

결국 소림사의 사과를 받고 나서야 거지들의 향배 행렬은 멈추게 되었다. 치사하지만 확실한 시위 방법이었다. 만약 그럴 리는 없었지만, 그때처럼 제갈세가로 거지들이 몰려온다면 정말 끔찍할 것이다.

"알겠습니다. 그리하도록 하지요."

제갈장천이 의외로 순순히 대답을 했다.

아무리 간단하게 보고한다 해도 화경의 경지로 짐작되는

고수의 등장이다. 절대로 조용히 넘어가지는 않을 것이다. 이러나저러나 마찬가지라면 굳이 여기서 걸왕의 말을 거스를 필요는 없었다.

또 어떻게 생각해 보면 알려지지 않는 게 좋을 수도 있었다. 화경쯤 되는 고수와의 인연을 돈독히 할 수 있는 기회인데 경쟁자가 많은 것보다는 적은 게 좋다. 그렇기에 제갈장천의 고민은 오래가지 않은 것이다.

제갈장천이 순순히 대답을 하자 걸왕이 화제를 돌렸다.

"그런데 자네, 정도맹을 이렇게 오래 비워 두어도 되는 건가?"

"아, 그게……."

사실 할 일이 태산같이 많았다. 하지만 장무위와의 연을 어떻게든 연결해 보려고 무리해서 싸락골에 남았던 것인데, 별 소득 없이 시간만 지나가 버린 탓에 지금은 많이 초조한 상황이었다.

"그리고 보니 걱정입니다. 전마성 무리들이 이곳까지 와서 일을 벌인 데다가 비동의 일 역시 누군가의 음모임이 밝혀졌으니 말입니다."

정천진인이 걱정 섞인 음성을 토해 내면서 제갈장천을 바라보았다. 그 눈빛은 마치 '바쁜데 가서 이거나 해결하지 않고 여기서 뭐 하나?' 라고 묻는 것처럼 보였다. 순간 울컥했지만, 제갈장천 역시 그 일이 여간 신경 쓰이는 것이 아니었다.

"안 그래도 복귀할 생각입니다."

"그렇소?"

정천진인의 음색에 기뻐하는 느낌이 가득 담겨 있었다.

"무위장의 개장식만 보고 말입니다. 그래도 인연인데 안 보고 갈 수는 없지 않습니까."

"뭐 굳이 그렇게까지야……."

일단 받을 거 다 받고 계산이 마무리된 상대이기에 제갈장천의 말을 들은 장무위는 약간 떨떠름한 표정을 지었다. 전마성도 마찬가지였지만 정도맹과는 더 엮이지 않는 게 좋다는 것을 그도 느끼고 있었기 때문이었다. 그때 제갈장천이 고개를 돌려 뒤에 시립하고 있던 제갈유를 불렀다.

"참, 이보게, 유."

"예."

"그, 이번 개장식 때 드릴 선물은 오고 있는가?"

"아마 개장식 직전이면 도착할 것입니다."

"그렇군."

제갈장천이 고개를 끄덕일 때 그의 손을 덮어오는 따스한 온기가 있었다.

"이번에 돌아가면 많이 바쁠 터인데 조금이라도 편하게

더 있다 가게나."

장무위가 밝은 미소를 짓고 그의 손을 따스하게 잡아주
었다.

장무위와의 이야기가 끝난 뒤 방으로 들어온 정천진인은
조용히 청운을 불렀다.

"부르셨사옵니까."

청운이 조심스럽게 고개를 숙이며 입을 열자 정천진인이
차분한 음색으로 말문을 열었다.

"내 너에게 시킬 일이 있느니라."

"무슨 일이시온지……."

청운으로서는 궁금하지 않을 수가 없었다. 자기보다 위
인 현도도 있고 다른 사형제도 있는데, 왜 하필 자신을 불
렀는지 영문을 알 수 없었다.

"장 대협께서 아낀다고 들었느니라."

"……예."

초기에 장무위에게 제일 많이 쥐어터지던 게 청운이었던
것을 생각해 보면 정말 많은 변화가 있었다. 솔직히 그와의
관계가 이렇게까지 될 줄은 상상도 못 했었는데, 이제 둘
사이는 처음과는 달리 나름대로 상당히 돈독해졌다.

엄밀히 말하면 둘은 고객과 판매인의 입장이었지만, 청

운은 그것을 떠나 또 다른 고객을 유치해 오는 수훈을 세웠기에 장무위의 따뜻한 눈길을 종종 받았다. 거의 준동업자로 대하기 시작한 것이다. 물론 이런 부분은 현도도 모르는 사실이고 알면 작살이 날지도 모르는 일이기도 했다.

"이거 뭐, 별것은 아니지만 조용히 전해 드리거라."

정천진인이 품에서 주머니를 꺼내어 내려놓았다.

"이것을 말입니까?"

청운이 주머니를 집어 드는 순간 묵직함이 느껴졌다.

"이건……."

직감적으로 금전과 관계된 것이라는 것을 눈치챈 청운이 살짝 놀란 눈으로 정천진인을 바라보았다. 그러자 정천진인이 헛기침을 흘리며 말했다.

"그저 장수를 바라는 의미에서 거북이 조각을 넣었느니라."

아마도 그 거북이의 재질은 금일 것이다.

일단 소요검선과 걸왕, 그리고 현도의 엄명이 있어 장무위에 대해 포장할 의무가 있던 청운은 조심스럽게 말을 꺼내었다.

"아까도 말씀하셨지만, 장 대협께서는 이런 금전적인 보답보단 어려운 이들을 돕……."

정천진인이 손을 들어 청운의 말을 중간에서 끊었다. 그러고서는 천천히 입을 열었다.

"그래서 너를 부른 것이다."

"예?"

"내 말하지 않았느냐."

"무엇을 말씀하시는지······."

의문이 담긴 시선을 보내는 청운에게 정천진인이 나직하게 말했다.

"조용히 가져다 드리라고 말이다."

그렇게 말을 하는 정천진인의 입꼬리가 미묘하게 올라가 있었다. 그 보일 듯 말 듯 작디작은 미소는 마치 '선수끼리 그러지 말자.'라고 하는 듯했다. 화산파 외부의 일을 맡으며 분쟁이나 각종 이권이 걸린 일의 수습을 맡아온 이가 바로 정천진인이다.

한마디로 이 분야에서 제대로 된 선수다.

청운이 고개를 숙여 조용히 말했다.

"조용히 다녀오겠습니다."

"그래, 조용히."

"예."

청운이 품 안에 거북이를 품고 조용히 방을 나갔다.

*　　　*　　　*

온몸이 으스러질 것 같았다.

포옹이 너무도 격렬했기 때문이었다. 단단히 거머쥔 두
팔은 그 넘치는 애정을 충분히 확인하고도 남을 정도였다.

"수, 숨이……."

너무도 격렬했음인가?

끊어질 듯 가느다란 음성이 흘러나왔다. 그제야 장무위
는 힘껏 끌어안았던 팔을 풀었다. 그러고는 미소를 띠며 말
했다.

"이쁜 것."

"주, 죽는 줄 알았습니다!"

벌게진 얼굴로 청운이 숨을 몰아쉬었다. 그 사이 장무위
는 반짝거리는 거북이를 부드러운 천으로 조심스럽게 닦아
가고 있었다.

"내 마음 잘 받았다 하더라고 전하렴. 알았지?"

"마음이요?"

"알면서……."

장무위가 금 거북이를 들어 올리며 히죽 웃었다. 금덩이
라 쓰고 마음이라 읽는다. 주는 쪽도 받는 쪽도 생각이 맞
을 때 저절로 우러나오는 표현일 것이다. 그 모습을 보며
청운은 생각했다.

'저 인간, 세상을 잘 모른다더니 이쪽으론 이미 전문가 잖아!'

능숙하게 물건을 받아 챙기는 장무위를 보며 청운이 어 이없어 하는 것도 당연하지만, 그가 잘못 알고 있는 사실이 있다.

전쟁터는 오만 가지 뒷거래의 온상이다. 몰래 빼돌린 군 량부터 각종 전리품까지, 전쟁 상인과의 사이에서 이루 어지는 거래와 또 그 거래를 통해 얻은 걸 바탕으로 전투 때 조금이나마 안전한 위치를 확보하기 위한 치열한 거래 들⋯⋯.

그야말로 목숨을 담보로 하는 거래였다.

장무위는 그런 짓을 이십여 년간 해 왔다. 그가 잘 싸워 서 순전히 그 실력만으로 이십 년을 버틴 게 아니란 말이었 다. 이런 거래를 통해 전략적으로 희생양이 되는 미끼 부대 의 편성에서 빠져나오기도 했고, 또 단순한 화살받이나 공 성 때 해자를 채우기 위한 소모품 신세에서 벗어나기도 했 다.

물론 이것도 실력이다.

당연히 눈치가 빠를 수밖에 없었다. 하나라도 더 많이 바 쳐 본 놈이 잘 받아먹는 법도 아는 법이다.

"그럼 그리 전하겠습니다."

"참, 이리 와 봐."

"예?"

거북이를 품에 넣은 장무위가 손을 까딱거리며 청운을 불렀다. 그 모습에 청운은 또 뭔가 싶은 마음으로 다가갔다. 청운이 가까이 다가가자 장무위가 그의 어깨에 팔을 둘렀다.

"청운아."

"예."

"우리 인연이 시작은 참 더러웠지?"

"……."

순간 청운은 울컥하는 마음에 욕을 내뱉을 뻔했다. 뭔가 무심결에 한마디 하고 나서 기억이 끊어진 적이 한두 번이던가. 전부 이 인간에게 맞아서 벌어졌던 일이었다. 그래도 지금은 그렇게까지 나쁜 관계가 아니었다. 비록 돈을 주고 먹었다 해도 영단도 구할 수 있었고, 당장은 쓸 일이 없지만 정력신공이라는 것도 배워 앞날을 대비할 수 있었다.

그동안의 파란만장한 과거를 떠올리며 잠시 침묵을 지키고 있는 청운의 어깨를 두들겨 주며 장무위가 말을 이었다.

"우리 청운이 좋은 거 주마."

"네?"

청운이 얼떨떨한 표정으로 장무위를 바라보았다. 뭐라

더 말을 꺼내기도 전에 장무위가 손에 쥐여 주는 주머니를 받아 들었다.

주머니 입구에서부터 알싸하게 풍겨 오는 향이 이미 맡아 본 익숙한 향이었다.

"자, 상비약으로 쓰든가 아니면 그냥 나중에 먹으렴. 이전보다 약발이 덜 받겠지만 말이다."

난데없는 장무위의 과도한 친절에 청운은 잠시 얼떨떨한 표정을 지었다.

"저, 정말 받아도 됩니까?"

"그래, 앞으로도 잘 부탁하마."

"예?"

"너는 나를 알고, 나는 너를 알잖냐."

순간 청운은 이 영약의 의미를 알아챌 수 있었다. 앞으로도 이런 건이 있으면 눈치껏 잘하라는 의미였다. 사실 청운이 의도한 것은 아니지만 제갈장천의 경우도 그렇고 정천진인의 경우도 그렇고, 그들이 장무위와의 대화 창구로 그를 선택한 것은 그저 우연만은 아니었다.

여태 쌓아 온 관계가 있기 때문이었다.

장무위는 그것을 알고 미리 관리하려고 한 것이다. 마찬가지로 청운 역시 상가의 자손으로서 가지고 태어난 감이 눈을 떴다.

'이 양반 옆에 있으면 떡고물이 떨어진다!'

청운이 주머니를 품에 넣으며 입을 열었다.

"어르신의 마음, 잘 받겠습니다."

"암."

마음을 주고받은 두 사람은 서로 마주 보며 미묘한 미소를 입에 걸었다. 희한하게도 둘의 미소가 많이 닮아 있었다.

*   *   *

"끄응."

밤중에 뒤척이던 막우가 갑자기 심장을 저미는 것 같은 답답한 느낌에 벌떡 일어나 앉았다.

"더헙!"

자리에 앉은 막우는 숨넘어가는 소리를 내며 눈을 휘둥그레 떴다. 문고리 옆에 쪼그리고 앉아 있는 무언가의 형상이 눈에 들어왔기 때문이었다. 그 존재가 막우를 향해 숨막힐 듯한 살기를 뿌려 대고 있었다. 하지만 그뿐이었다. 다른 행동은 일절 없었다.

"……."

말도 없이 쪼그리고 앉아 있던 걸왕이 조용히 일어서 문을 열고 나갔다. 물론 나가는 그 순간까지 살기 어린 시선을 막우에게 선사하는 걸 잊지 않았다.

"아흐흐흑!"

닫힌 문 사이로 막우의 서글픈 흐느낌이 울려 퍼졌다.

며칠 새 막우의 얼굴은 반쪽이 되어 있었다.

"푸후우우."

한숨이 길게 쏟아졌다. 요새 그는 거의 바깥출입을 하지 않고 있었다.

바로 걸왕 때문이었다.

서열 정리를 하라고 장무위에게 바람을 넣은 원흉이 막우라며 걸왕은 그를 볼 때마다 살기를 뿌려 대었다. 살기란 게 경우에 따라서는 개나 소나 뿌리기도 하지만, 개나 소가 뿌리는 살기와 화경의 고수가 뿌리는 살기가 같을 수는 없었다.

걸왕이 살기를 한번 뿌리면 막우는 항상 학질이라도 걸린 듯 바르르 떨었다. 가끔은 심장이 잠깐씩 멈췄다 뛰기도 했다. 그 살기를 계속 받다가는 만수무강에 지장이 있을 거라고 확신을 한 막우는 걸왕이 있을 법한 곳을 피해 다니기 시작했다. 그러나 그렇게 얻은 평화도 잠시였다.

막우가 보이지 않으니 직접 찾아서 움직였는지, 언제 어디서든지 귀신같이 나타나서는 쪼그리고 앉아 살기를 뿌려 대고 있었던 것이다. 도저히 안 되겠다 싶어서 며칠 전부터 는 개장식을 위한 준비를 광저에게 일임한 뒤 방 안에만 처박혀 있었는데, 전날 밤에는 기어이 걸왕이 방 안까지 침투해 버렸다.

"차라리 맞는 게 낫지."

그때 밖에서 광저의 음성이 울려왔다.

"형님, 들어갑니다."

"그래, 들어와라."

문이 열리고 광저가 들어섰다.

"어헉!"

"형님, 왜 그러십니까?"

"닫아! 빨리!"

광저가 문을 연 순간, 저 멀리 쪼그리고 앉은 걸왕이 막우와 시선을 마주치고 있었던 것이다. 절박한 막우의 외침에 광저가 재빨리 문을 닫았다. 심장을 움켜쥔 막우를 보며 광저가 안타까운 시선으로 말문을 열었다.

"형님 얼굴이 반쪽이 되었습니다."

"허억! 허억!"

광저의 위로에도 막우는 대답 없이 숨만 몰아쉴 뿐이었다.

"형님, 대사부 장주 형님께 말이라도 해 볼까요?"

"끄응."

말하고 싶은 마음은 굴뚝같았지만, 한편으로는 말한다 해도 뭐가 달라질까 싶었다. 그렇기에 막우는 대답을 하지 못하고 그저 끙끙거릴 뿐이었다.

"일단 개장식 준비는 다 되었습니다요. 초청장도 보냈고 말입니다."

"그래……. 이럴 때 너라도 있으니 다행이다."

"형님, 힘내십시오."

"그래."

막우를 위로하면서 광저는 그래도 자신이 안 걸린 게 천만다행이라고 생각했다. 몇 가지 보고를 더 한 뒤 광저가 일어서자, 막우가 이불을 뒤집어쓰고 말했다.

"문…… 빨리 닫아라."

"예, 형님."

문을 닫고 나온 광저는 한쪽에서 쪼그리고 앉은 채 문이 열리길 기다리고 있다가, 이불을 덮어쓴 막우의 모습을 보고는 살짝 콧잔등을 찡그리는 걸왕을 볼 수 있었다.

"쳇."

"……."

광저는 아무래도 안 되겠다는 생각에 발걸음을 돌려 장

무위를 찾아갔다.

이 일로 자신에게도 불똥이 튈지 모르지만, 그래도 믿을
건 장무위밖에 없다고 생각했다.

"허……."

광저의 이야기를 들은 장무위가 어이가 없다는 표정을
지었다. 그러고는 벌떡 일어서며 팔을 걷어붙였다.

"이 거지새끼가 오냐오냐해 주니까!"

"장주 형님, 어쩌시려고요?"

"어쩌긴 뭘 어째? 조져야지."

"아이고, 형님!"

순간 광저가 장무위의 다리에 매달렸다. 고래 싸움에 새
우 등 터진다고 자칫 자신에게까지 불똥이 튈지도 모른다
는 생각이었다.

이런저런 설명을 들은 장무위는 광저의 말에 고개를 끄
덕였다. 광저의 말대로 언제까지 이러고 있기는 조금 애매
했기 때문이었다.

"좋아, 두고 보자."

"형님, 어쩌시려고요?"

"흐흐흐. 늬들의 복수는 내가 해 주마."

장무위가 음흉한 미소를 머금으며 밖으로 나갔다. 그 모

습을 보며 광저는 약간 불안했지만 그래도 일이 잘 풀리기
를 빌었다.

믿을 건 장무위뿐이었으니까.

밖으로 나온 장무위가 제일 먼저 한 일은 전장에 들르는
것이었다.

"여긴 어인 일이십니까?"

싸락골에 있는 만금전장 지부에서는 장무위를 반겼다.
그들에게는 그가 큰 고객 중 하나였기 때문이다. 또 싸락골
의 신흥 유지가 바로 장무위이기도 했다.

"돈 바꾸러."

"전표를 가져오신 겁니까?"

장무위의 말에 만금전장의 점원 칠복이는 고개를 갸웃거
리며 물었다. 그러자 장무위가 퉁명스럽게 대꾸하며 품에
손을 넣었다.

"전표는 개뿔."

품에서 나온 장무위의 손에는 은자 한 냥이 들려 있었다.

"이거 좀 바꾸자."

"은자를 말입니까?"

갑자기 은자 한 냥을 꺼내니 칠복이가 고개를 갸웃거렸
다. 그러자 장무위가 히죽 웃으며 물었다.

"이거 동전으로 바꾸자."

"동전으로 말입니까?"

"그래. 몇 푼이나 하냐?"

"은자 하나면 사천 푼입니다만……."

"그래?"

"예."

장무위가 은자 네 개를 더 꺼내 놓으며 말했다.

"전부 바꿔 줘."

"억!"

"동전으루다가."

"이, 이걸 뭐에 쓰시려고요?"

"적선해야지."

칠복이는 적선하겠다고 말하는 장무위의 얼굴에서 살기를 느꼈다.

그 때문인지 더 이상 질문을 하지 않고 은자 다섯 개를 모조리 동전으로 바꾸어 이만 푼을 넘겨주었다.

잠시 후 만금전장에서 나온 장무위의 어깨에는 묵직한 돈 자루가 들려 있었다.

"그럼 이제 적선하러 가 볼까?"

장무위의 발걸음이 그 어느 때보다도 가벼웠다.

第八章

눈에는 눈 이에는 이

짤랑!

누런 동전이 쪽박 안으로 날아 들어오자 구걸을 하던 거지, 망개의 얼굴에 화색이 확 돌았다.

"복 받으십쇼!"

거지 인생이 별거 있겠느냐마는, 그래도 요즘은 이전과 달리 조금이나마 팔자가 폈다. 장무위란 인간이 온 뒤로 먹을거리가 풍족해졌다. 그뿐 아니라 개방 본 방에서도 사람이 자주 나왔는데, 처음에는 귀찮게만 여겼지만 반대로 본 방에서의 지원이 예전에 비해 확연히 늘었다.

물론 거지가 지원받아 봐야 거지지만, 여러 가지로 생활

면에서 개선이 된 것은 사실이었다. 그 탓인지 싸락골의 거지들은 요즘 구걸할 맛이 났다.

마찬가지로 망개 역시 즐거운 나날을 보내고 있었다.

망개는 조금 전 받은 동전을 포함한 오늘의 결과물을 확인하기 위해 쪽박을 들어 올렸다.

"어디, 오늘 번 것을 볼……."

쾌액!

콰앙!

쩌엉!

"……."

세 가지의 전혀 다른 효과음이 동시다발적으로 울려 퍼졌다.

공기를 꿰뚫는 듯한 소리가 울려 퍼졌을 때에는 이미 쪽박이 박살 나서 비산하고 있었고, 망개가 그것을 인지했을 때에는 목덜미를 스친 무언가가 뒤쪽 벽에 강하게 파고드는 소리를 들을 수 있었다.

땡그랑, 짤랑, 후두두둑.

세 가지 소리가 모두 사라진 뒤에야 박살 난 쪽박의 잔해와 오늘 하루 구걸했던 동전, 그리고 이따가 혼자 먹으려고 꿍쳐 놨던 오리 뒷다리가 바닥에 떨어져 나뒹굴었다. 하지만 당장 중요한 건 오리 뒷다리가 아니었다.

지금은 느껴지지 않지만, 쪽박이 박살 나는 순간 느껴졌던 강렬한 살기.

등이 축축해졌다.

뻣뻣하게 굳어져 잘 돌아가지 않는 목을 억지로 돌렸다.

뒤쪽 벽에 깊이 틀어박힌 한 닢의 동전이 눈에 들어왔다. 동전을 암기로 쓰는 법이 있다고 들어는 봤지만, 저렇게 단단한 벽에 동전을 박아 넣는 것은 보통 내력으로 가능한 게 아니었다.

그때 망개의 뒤통수에서 들려오는 음성.

"어이쿠! 힘이 좀 과했나?"

"자, 장 어르신?"

장무위의 음성이었다.

어느 선인지는 모르지만 장무위를 어르신이라 부르라는 특명이 위에서부터 내려온 뒤로, 싸락골의 거지들은 모두 장무위를 장 어르신이라 불렀다. 어르신이라 부르기에는 지나치게 젊어 보이는 장무위였지만, 거지들 입장에서는 구걸할 때 먹을 것을 주면 남녀노소 상관없이 어르신이고 보살님이었다. 그 때문인지 다들 장무위를 그리 부르는데 딱히 거부감이 있는 것은 아니었다.

망개가 돌아보자 정말 미안한 시선을 보내는 장무위가 있었다. 그는 묵직해 보이는 자루를 들고 서서 망개를 바라보았다.

"살림에 보태라고 던졌는데 힘이 과했나 봐."

"……."

입은 웃고 있었는데 눈은 전혀 웃는 모습이 아니었다.

사납게 번들거리는 눈빛.

그 모습이 너무도 기괴해서 보는 이로 하여금 등골이 오싹하게 만들었다.

"미안하니 앞으로도 종종 도와주마."

자루를 맨 장무위가 사라졌다.

장무위가 사라지고 난 뒤, 망개는 다시 벽에 박힌 한 닢의 동전을 쳐다보았다. 벽을 허물지 않는 한 뽑아내기 어려워 보였다.

"아, 아니겠지?"

망개는 장무위의 말대로 그저 힘이 과했을 뿐이기를 빌었다.

"자, 밥이나 한술 뜨고 다시 구걸할까?"

쾌액! 퍼석! 후두두둑!

"어이쿠! 손이 미끄러졌나? 미안, 대신 다음에도 종종 도와줄게."

"……."

"히힛! 오랜만에 따듯한 밥을 얻었다!"

쾌액! 퍼석! 후두두둑!

"이런! 반찬 사 먹으라고 던져줬는데 쪽박이 작살났네……. 다음엔 잘 던져 줄게."

"……."

"크크크. 고기다, 고기!"

쾌액! 퍼퍼퍽! 후두둑!

"이런, 고기가 걸레가 되었구나! 미안하다. 동전을 던져 준다는 게 그만……."

"……."

그 날, 싸락골에 자리를 잡고 있는 거지들의 쪽박이 모조리 박살이 났다. 아니, 정확히 말하면 싸락골에 자리를 잡은 거지들 중 개방도 거지들의 쪽박만 박살이 났다. 개방도가 아닌 다른 거지들은 모두 동전 한 닢씩을 얻어 가지고 희희낙락하며 여전히 장무위를 칭송했다.

공통적인 것은 쪽박이 박살 나기 직전 지독한 살기가 온몸을 휩쓸고 갔다는 점이다. 그 살기 덕에 쪽박이 깨지는 순간, 마치 자신의 몸이 작살나는 듯한 착각이 들 정도였다. 심지어 날아오는 동전은 쪽박을 박살 내면서 몸의 일부분을 아슬아슬하게 스치고 지나갔다.

이런 상황이었지만 장무위란 인간이 워낙에 종잡을 수 없는 인사니까, 다들 그저 어느 날 갑자기 일어난 변덕이라고만 생각했다.

그 변덕이 삼 일째 계속 이어졌다…….

"이게 무슨 일이랍니까."

"……몰라."

취면개가 비통한 얼굴로 입을 열었다.

"구걸 때려치우고 식당 들어가서 국수 한 그릇 사서 먹으려는데 젓가락을 집는 순간 동전이 날아옵디다."

"……."

취면개의 울분에 찬 말에 싸락골 분타주 광개는 말없이 무언가를 들어 올렸다. 작지만 무쇠로 만든 솥이었을 것으로 짐작되는 조각이었다.

"그 동전, 이것도 이 꼴로 만들더라."

"……."

무쇠솥을 쪽박으로 쓰면 낫겠지 싶어 들고 나갔지만, 그것마저 작살이 났다. 마치 방패 위를 화살로 두들기는 듯한 소리와 함께 쏟아진 동전 다섯 개에 박살이 나 버린 것이다.

"애들이 전직한답니다. 거지 짓 못 해먹겠다고요."

"전직은 뭔 전직."

"점소이라도 한답니다."

"……."

광개가 할 말을 잃고 취면개를 쳐다보자 그가 계속 말을 이었다.

"아니면 개방도 안 하고 그냥 거지로 살면 안 되느냐 물어봅디다."

"장무위! 대체 왜! 무슨 이유로!"

광개의 분노가 터져 나왔다. 물론 장무위가 없는 곳에서나 터트릴 수 있는 분노일 뿐이다.

"며칠째 애들이 제대로 먹질 못하고 있는 건 알죠? 저 보십쇼."

취면개가 주변을 가리키자 싸락골 분타의 거지들이 정말 거지처럼 굶주려 있었다. 퀭한 눈에 홀쭉하게 볼이 들어간 것이 거지도 이런 상거지 꼴이 없었다.

"무, 물이라도……."

움막 옆에 있는 시냇물로 간 거지 하나가 물이라도 마시기 위해 엎드리는 순간, 위쪽에서 무슨 소리가 울려왔다.

뿌지직!

"……아."

소리만으로도 뭔지 알 것 같았다. 물을 마시려던 거지가 흔들리는 눈망울로 고개를 돌렸다.

그는 보았다.

시냇물 위쪽에 앉아서 엉덩이를 까고 큰일을 치르며 이쪽을 보고 웃고 있는 장무위의 미소를……

물론 여전히 입으로만 웃고 눈은 웃고 있지 않았다.

"으어어!"

절망하는 거지 옆으로 응가 덩어리가 시냇물을 타고 흘러내려 가고 있었다.

*   *   *

걸왕은 어이없는 눈으로 자신에게 들이닥친 거지들을 바라보았다. 몰려온 거지들은 광개를 비롯한 싸락골 분타의 개방도들이었다. 그런데 하나같이 도끼눈을 하고 있었다.

"뭐냐, 그 눈빛들은. 잘하면 기사멸조하겠다?"

어이가 없어진 걸왕은 웃으며 한마디 툭 내던졌다. 그러자 눈앞의 거지들이 울컥하면서 하나둘 눈가에 뿌연 습기가 차오르기 시작했다.

"뭐, 뭐냐? 늬들 왜 그래!"

가벼운 농담으로 던진 말이었는데, 건들기라도 하면 때

구르르 굴러떨어질 것 같은 눈물이 그렁그렁 매달려 있는 모습에 걸왕은 살짝 당황하며 다시 입을 열었다.

"태상 장로님, 애들 꼴 좀 보십시오."

"거지가 꼴이라 해 봐야……."

무심코 대답하던 걸왕의 얼굴이 살짝 굳어졌다. 그저 거지꼴이라고 하기에는 상태가 너무 안 좋았다. 몇몇 거지는 연신 사방을 두리번거리며 불안에 떨고 있었다. 또 어떤 거지는 입을 살짝 벌리고 있었는데 그 사이로 진득한 침이 흘러내리고 있었다. 물론 눈은 초점도 제대로 맞지 않는 모습이었다.

무엇보다 공통적인 것은 약속이라도 한 듯이 피골이 상접한 몰골을 하고 있다는 점이었다.

"무슨 일 있었냐?"

순간 광개의 얼굴이 일그러졌다.

이어서 그는 털썩 무릎을 꿇으며 걸왕을 올려다보았다. 그의 한쪽 눈에서 무게를 이기지 못한 눈물이 주르륵 흘러내렸다.

광개가 찡그린 얼굴로 입을 열었다.

"구걸이 하고 싶어요……."

"……."

광개를 따라 거지들이 모두 오열했다.

　　　　　　*　　　*　　　*

　"우리 애들이 대체 무슨 죄가 있길래!"

　분노한 걸왕이 장무위 앞에 나타났다. 마침 장무위는 막
우, 그리고 광저와 함께 쪼그려 앉아 무언가를 하고 있었
다. 씩씩거리는 걸왕을 슬쩍 돌아본 장무위가 삐딱한 시선
으로 바라보며 대꾸했다.

　"뭔 소리야."

　"이⋯⋯."

　순간 걸왕의 말문이 막혔다. 고개를 돌린 장무위의 앞에
쪼그리고 앉아 있던 막우와 시선이 마주친 것이었다. 그런
데 최근에는 자신을 볼 때마다 혼비백산하더니 오늘은 반
응이 달랐다.

　무표정이었다.

　정확히는 무표정이라 느낀 순간 살짝, 아주 살짝 한쪽 입
꼬리가 올라갔다. 우연인지 그 순간에 장무위의 입꼬리도
올라가 있었다.

　지금까지의 상황들이 설명되는 순간이었다.

　"네놈 막우! 내가 좀 쳐다봤다고 일을 이 지경으로 만드
느냐!"

"좀, 쳐다보셨다니……."

막우는 순간적으로 할 말을 잊었다. 어찌 그 일들을 겨우 조금 쳐다본 것으로 포장할 수 있는지, 걸왕의 뻔뻔함에 순간 질린 것이다. 잠시 말문이 막혔던 막우가 변명이라도 하려는 찰나, 장무위의 손이 그를 가로막았다.

"뭔 일이 이 지경인데."

"우리 애들 쪽박 다 깼잖……소!"

"언제?"

"지난 며칠 동안!"

"난 며칠 동안 동냥을 해 줬는데, 그걸 쪽박 깼다고 해?"

순간 장무위의 얼굴이 험악해졌다. 하지만 걸왕 역시 이번만큼은 그냥 못 넘어가겠다는 표정으로 대들었다.

"그럼 그걸 쪽박 깼다고 하지, 뭐라고 하우!"

"난 좀 세게 던졌을 뿐이야. 조금 전에 그랬잖아. 넌 좀 쳐다본 것뿐이라고."

걸왕의 말문이 제대로 막혔다.

"그……."

그래도 뭐라고 말은 해야 할 것 같다는 판단에 걸왕이 입을 열기는 했지만, 장무위가 한걸음 빠르게 치고 나왔다.

"막말로 쪽박이 깨진 건 미안하지만 내가 준 돈이면 새로 쪽박 구하고도 남을 건데? 아무리 한 닢의 동전이라지만 너무 무시하는 거 아냐? 앙! 개방은 돈이 우스워?"

순간 장무위가 열을 내기 시작했다.

뭔가 이야기가 이상하게 돌아가고 있었다.

"협의니 뭐니 하면서 거지들이 방파를 만들 때부터 이상했어. 동전 한 닢은 돈 취급도 안 한다는 거지? 거참, 그러면서 거지랍시고……."

순간 걸왕의 얼굴이 딱딱하게 굳었다.

장무위가 개방을 비아냥거리는 와중에 협의니 뭐니 운운했기 때문이었다. 개방의 존재 이유 그 자체를 얕잡아 보며 부정한 것이나 마찬가지였다.

"개방의…… 협의를 욕보인 것이오?"

낮게 깔린 목소리로 되묻는 걸왕의 모습이 이전과는 달랐다. 그간 장무위에게 깨지면서 가끔은 비굴하고 또 가끔은 절절매던 것과는 달리, 지금은 개방의 최고수라 불리기에 아깝지 않은 면모를 보이고 있었다. 갑자기 위압감을 보이며 일전을 불사하겠다는 의지를 드러내는 걸왕을 보며 장무위가 혀를 찼다.

"쯧, 예나 지금이나 힘없는 새끼들은 뒤져야 해. 힘 있는 새끼들은 꼭 지들만 명분 있다고들 하지."

"그게 지금 무슨 말이오. 해명하시오."

장무위의 비아냥거림에도 걸왕은 기세를 죽이지 않고 오

히려 기운을 끌어 올리며 해명을 요구했다.

이쯤 되자 막우와 광저는 일이 요상하게 돌아가기 시작한 것을 느꼈다. 막우 입장에서야 분명 억울한 점이 있는 것은 사실이었지만, 이런 결과를 원한 것은 아니었다. 그저 원만하게 해결이 돼서 자신이 편하게 숨 쉬고 살 수만 있다면 족했다.

개방에게 밉보여서는 이 강호를 편안하게 살아갈 수 없다. 그것은 흑도 출신인 그들이 더 잘 알고 있었다. 하지만 지금은 그들이 끼어들 수 있는 상황이 아니었다. 그저 불똥이 튀지나 않기를 빌며 지켜볼 수밖에 없었다.

"해명? 해명 같은 소리 하고 자빠졌네."

장무위 역시 물러날 인간이 아니었다. 점점 무시무시한 기운을 뽑아내는 걸왕을 상대로 그 역시 묵직한 기운을 뿜어내기 시작했다. 장무위가 천천히 팔을 걷으며 주절거렸다.

"예나 지금이나 힘없는 새끼들은 죽어야지. 똥 누고 잠자는 시간까지 쫓아다니며 죽일 듯이 꼬나보면, 그저 똥 못 싸고 잠 못 자면서 버텨야지."

거기서 잠시 말을 멈추더니 막우를 돌아보았다.

"어쩌겠어? 안 그래?"

막우의 얼굴에 억울함이 가득 찼다. 그리고 걸왕의 얼굴에는 미미한 감정 변화가 일어났다. 사실 그도 이 일의 원인을 알고는 있었다. 하지만 조금 전 개방의 존재 의의를 업신여긴 것만큼은 이 자리에서 풀고 가야 할 문제였기에 물러서지 않았다.

장무위의 말이 이어졌다.

"뭐, 강호는 좀 다른 줄 알았지. 협이 어쩌고저쩌고하는데, 협을 바탕으로 세워졌다는 방파에서 막상 제일 센 놈이 하는 짓이 이 모양이니……."

"나와 개방을 연관 지어 욕하지 마시오."

"허, 이럴 때만 연관 짓지 말란다. 너는 개방 아니냐?"

"……."

걸왕의 말문이 조금씩 막히기 시작했다.

논리적인 말도 아니고 감정적인 말이 주로 이어질 뿐이었는데도, 장무위의 말에 할 말이 없어져 가고 있는 것이다.

"막우가 내 밑에 있는 애가 아니었으면 이미 옛날에 작살났을 거야. 그렇겠지?"

"……."

걸왕은 이 말 역시 부정하지 못했다.

사실 막우가 크게 잘못한 것은 아니다. 걸왕의 입장에서는 그저 얄미웠을 뿐이었다. 그런데 지금 다시 보니 막우의 얼굴이 심하게 퀭한 것이 꽤 시달린 모습이었다. 어제까지 만 해도 저 모습을 보며 내심 즐거워하던 게 바로 자신이었다.

그 때문에 장무위의 말을 부정하지 못했다. 아니, 부정할 수 없었다. 장무위가 있기에 지금 이 장난을 쳤지, 그게 아니라면 아마 대번에 손을 썼을 것이다.

"아니라고는 안 하니 다행이다. 내 옛날에 창칼 들고 이리저리 끌려다닐 때 제일 싫어했던 말이 뭔지 아냐?"

"뭐, 뭡니까요?"

그의 말에 대꾸한 것은 광저였다.

걸왕은 장무위에게서 시선을 떼지 못하고 있었다. 입도 열지 않고 있었다. 장무위에게서 느껴지는 기세가 심상치 않았기 때문이었다.

"대의. 개엿 같은 대의."

순간 장무위에게서 살기가 진득하게 흘러나왔다.

"대의?"

광저가 알아듣지 못하는 듯 고개를 갸웃거렸지만, 막우는 그가 지금 무슨 의미로 그런 이야기를 하는지 알 것 같았다.

"이리 와라."

막우가 광저를 이끌고 조심스럽게 뒤로 빠졌다.

그들이 점점 물러서자 장무위가 다시 입을 열었다.

"대의 좋지. 문제는 그놈의 대의 하나 때문에 엿 같은 일들이 수도 없이 일어난다는 거야. 창 하나 쥔 지 얼마 되지도 않은 애들 미끼로 내줘서 몰살시켜, 대의 때문에 살아야 하니까 도마뱀 새끼처럼 꼬리 자르고 도망가, 심지어 어떤 미친 새끼가 대의를 위해 목숨 바친다는데 끌고 가. 대체 왜 우리까지 걸고 넘어가는 거야? 뒤지려면 혼자 뒤지지, 꼭 우리 애들 고작해야 고깃국 한 번 먹여 주고는 죽을 자리 데려간단 말이지."

"……."

장무위의 이야기가 이어질수록 굳어 있던 걸왕의 얼굴에 균열이 갔다. 지금 장무위가 하는 말을 듣다 보니 지난 전마성과의 전쟁이 떠올랐기 때문이다.

그때도 말했다.

강호의 대의를 위해서, 협의를 위해서라고…….

"힘없는 새끼들은 남들 대의에 이리저리 쏠려 다니는 거야. 협의? 그래, 좋다 이거야. 그런데 죄 없는 애 갈구는 게, 네겐 협의디?"

"으음……."

걸왕은 그저 신음만 흘릴 뿐이었다. 장무위의 음성이 점차 차가워졌다.

"내가 너희 애들 쪽박을 깼다고? 걔들은 그래도 개방 덕을 본 거야."

"그게 무슨 말이오……."

"개방이 아니었으면 내가 쪽박만 깼겠니? 대가릴 깼지. 안 그래? 니가 쟤를 갈구기만 한 것처럼 말이야."

더 이상 할 말은 없었다.

처음 솟구치던 분노도 가라앉았다. 물론 전부 수긍한 것은 아니었지만, 그의 말마따나 자신이 치졸한 짓을 한 것도 사실이었다.

"내 할 말이 없……."

"안 들어!"

"더헉!"

장무위의 응징이 시작되었다.

쾅!

얼마 전에 새로 쌓은 쪽의 담벼락이 터져 나가자, 방 안에 있던 이들이 고개를 내밀었다.

"결국엔 터졌구먼."

심상찮은 기운을 느끼고 있던 소요검선은 결국 일이 터졌구나 하며 중얼거렸고, 마찬가지로 달려 나온 현도는 장무위의 발길질에 걸왕의 면상이 그대로 뭉개지는 장면을 보며 인상을 찌푸렸다.

"이번에는 또 무슨 일인지⋯⋯."

현도가 고개를 휘휘 저었다. 사실 장무위만 해도 골치가 아팠는데, 최근에는 걸왕 역시 골이 아프기는 마찬가지였다.

그동안은 정도맹의 절대 고수 중 하나였고 또 배분 자체가 가까이하기에는 거리가 있어 몰랐었지만, 최근 줄곧 같이 지내다 보니 걸왕은 장무위를 욕할 수 있는 입장이 아니란 걸 알게 되었다.

"제가 사정을 알아 올까요?"

청운이 조심스럽게 운을 떼자 현도가 그를 향해 눈을 게슴츠레 떴다.

"왜 이리 적극적이더냐."

"그나마 제가 말이라도 엮었다고 정천진인께서 좀 다가가 보라고 해서 말입니다."

"그뿐이냐?"

"⋯⋯설마 화산의 제자가 다른 게 있겠습니까?"

청운의 말에 현도가 슬며시 인상을 풀며 고개를 돌려 다시 장무위와 걸왕의 난장을 바라보았다. 겨우 숨을 돌린 청운의 귓가로 현도의 음성이 들려왔다.

"적당히 해 먹어라."

"……."

현도는 바보가 아니었다.

결과적으로 싸락골 분타의 거지들은 장무위로부터 비롯된, 생명의 위협을 느낄 정도의 적선에서 해방되었다. 마찬가지로 막우 역시 오랜만에 두 다리 뻗고 편안한 잠을 잘 수가 있었다.

걸왕은 천만개에게 욕을 바가지로 얻어먹었다. 장무위가 천만개에게 담벼락 수리비를 청구했기 때문이었다. 물론 걸왕은 억울했다.

담을 부순 것은 걸왕이었지만, 그 걸왕을 날린 것은 장무위였기 때문이었다.

사소한 오해와 소소한 손해 배상 등이 지나가고 무위장의 개장식이 다가왔다. 그래 봐야 장원 하나 여는 것뿐이지만 몇몇 사람들에게는 커다란 의미가 있었다.

장무위 입장에서는 부의 상징인 장원을 얻게 된 것이고, 얼마 전에 집을 팔아 버린 막우와 광저들 입장에서는 새로운 보금자리가 마련된 것이다. 이 동네 현령 입장에서는 우선적으로 눈치를 봐야 할 대상이 생긴 것이고, 싸락골 주변의 무관들 입장에서는 오만 가지 신경을 곤두세워야 할 새로운 세력이 들어선 것이다.

물론 곤두만 섰다.

이전 장무위의 무관 깨기에 다들 한 번씩 당해 봤기에 텃세를 부리기는커녕 오히려 눈치만 살폈다. 심지어 이 동네를 주름잡던 막가파가 장무위의 아래로 들어간 뒤로는 더욱 몸을 바짝 낮추는 경향이 생겼다. 그나마 다행인 것은 장무위가 더 이상 무관을 하려는 것 같지 않다는 점이었다.

"준비는 잘했겠지?"

막우가 걱정 어린 표정으로 질문을 던졌다. 그동안 걸왕에게 시달리면서 개장 준비에 제대로 신경을 쓰지 못했기 때문이었다. 막우의 걱정에 광저가 걱정 말라는 듯 가슴을 탕탕 두들기면서 대답했다.

"형님! 제가 누굽니까! 완벽하게 준비 마쳤습니다요!"

"그래?"

완벽하게 준비를 마쳤다는 말에 오히려 불안해지는 막우였다.

"혹시 저번처럼 여자들을 손님들 옆자리에 하나씩 앉힌다든지 하는 건 아니겠지?"

"에이, 형님. 제가 바봅니까? 저번에 안 한다고 해서 뺐잖습니까."

"그러면 뭐, 문제없겠지?"

"음식도 꽤나 이름 있는 숙수를 불렀고, 송화가 나름대로 신경 썼으니 문제없을 겁니다."

"그럼 다행이지."

막우는 분주하게 움직이는 수하들을 보며 조금은 안심이 된 표정으로 입을 열었다.

"……정말로 별문제 없겠지?"

막우의 시선 끝에 동네 포목점에서 비싼 돈을 주고 맞춘 새 옷을 입은 채 흐뭇한 표정을 짓고 있는 장무위의 모습이 들어왔다. 그를 보며 막우가 다시 중얼거렸다.

"없어야겠지."

그의 간절한 바람이었다.

第九章

우와, 무위장!

개방 싸락골 지부의 거지들이 무위장이 개장식을 한다는 소문을 이리저리 퍼트리고 다니고 있었다. 비록 엊그제까지 장무위의 악몽 같은 적선이 있었지만, 걸왕이 나선 덕에 잘 풀렸다.

물론 광개나 취면개 등 윗선의 거지들은 장무위가 천만 개에게 손해 배상을 요구했다는 내막을 알고 있었기에, 이 야기가 알려진 것처럼 썩 잘 풀리지 않았다는 것을 알고 있었다. 자세한 사정은 들을 수 없었지만, 며칠 걸왕이 두문 불출한 것으로 보아 이번에도 몸으로 때웠을 것이라 예상 할 뿐이었다.

이후 장무위 역시 쪽박을 깬 것이 미안했는지 개방 거지들을 전부 불러 두둑하게 먹였다. 사실 전직 거지였던 장무위로서는 괜한 불똥이 튄 그들에게 미안한 감도 조금 있었기 때문이었다. 그 역시 아래에서 휘둘리는 인생을 겪어 본 몸이어서 거지들의 심정도 이해를 했기에 그들의 마음을 풀어준 것이다.

물론 걸왕이 두들겨 맞다가 외친 말 때문만은 아니었다.

"협을 숭상하는 내가 막우를 갈군 거나 우리 애들 쪽박 깬 거나 마찬가지 아니오!"

"달라!"

"뭐가 다르단 말이오!"

"난 대의고 협이고 나발이고 나만 잘 살면 되는 주의란 말이지."

"……."

"적어도 위선자는 아니잖아, 그치?"

이 대화를 끝으로 걸왕은 완벽하게 장무위에게 내세울 명분이 없어지면서 먼지 풀풀 나게 맞았다. 그러나 장무위에게는 명분이 더 있었다.

바로 걸왕이 형님으로 부르기로 해 놓고 열 받았다고 덤

빈 것 때문이었다. 그래서 신나게 패고 형님이란 발언은 더 이상 하지 못하게 만들었다. 대신 다른 호칭으로 환원시켰다.

물론 어르신은 아니었다.

장원에 음식이 잔뜩 펼쳐져 있었고, 동네 주민들이 얼쩡거리고 있었다. 잔치는 크게 벌여야 제맛이라는 장무위의 신조, 혹은 과시욕 덕분에 많은 이들이 모여들었다. 상인들은 물론이고 그동안 미안하다고 부른 무관 주인들까지 무위장을 향해 모여들었다.

"저긴 뭔 자리래?"

"현령도 온다드만."

"그래? 저 양반이 언제 저리 돈을 벌었대?"

"거 왜, 무위극단이라는 걸로 벌지 않았나?"

"그래? 그걸로 이 정도나 벌 수 있나?"

커다란 장원을 보고 사람들은 저마다 한마디씩 하며 나온 음식들을 들기 시작했다. 음식은 맛났지만, 일부 사람들은 눈치 보기 바빴다. 그 이유는 바로 음식을 나르는 이들 때문이었다.

"더 드시겠습니까요?"

"아, 예. 주, 주시면……."

"맛나게 드십쇼!"

"어이쿠, 감사합니다."

음식을 가져다준 뒤 허리를 직각으로 푹 숙이는 사내의 인사에 음식을 먹던 이들이 벌떡 일어서 맞절을 하듯 허리를 숙였다.

"편히 드십셔!"

"예, 예."

인사를 하고 뒤돌아 나가는 이는 바로 무위장의 일원이 된 이전 막가파 조직원이었다.

이 싸락골 일대를 주름잡던 그들이 음식이나 나르고 허리를 푹푹 숙여 대니, 아직 적응이 되지 않은 사람들은 음식을 먹다가도 깜짝깜짝 놀라고 있었다. 그러나 그들뿐 아니라 막가파 조직원들 역시 잔뜩 긴장을 하고 있는 것은 마찬가지였다.

'야, 봤냐? 저 영감이 걸왕이란다.'

'미치겠다! 장주 큰형님 집 놀러 왔다가 초옥 옆에 사는 것 보고 냄새난다고 꺼지라고 했었는데, 기억할까?'

'그, 그래도 난 만두 하나 드렸으니 혼나진 않을 거야, 그치?'

그들의 두려움을 한 몸에 받고 있는 걸왕은 장무위와 함께 상석 쪽에 앉아 있었다.

한동안 그의 행적을 외부에 알리지 않기 위해, 거기에 덧붙여 장무위에게 깨진 후유증 때문에 걸왕은 장무위네 집 담벼락에 눌러앉아 살게 되었다. 그 와중에 장무위의 집을 오가며 거지라고 걸왕에게 과감한 행동을 해 왔던 이들은, 걸왕의 정체를 알게 된 이후 불안에 떨고 있었다.

게다가 얼마 전 막우가 시달림을 당한 사실은 이야기가 전해지는 와중에 살이 붙어 가면서 점차 험악한 내용으로 변해 있었다. 실제 며칠간 몸이 축나 있었던 탓에 막우의 얼굴은 아직도 좋은 상황이 아니었다.

그 때문인지 걸왕의 앞을 오가는 이들의 표정은 마치 저 승사자의 앞을 지나는 것처럼 어두웠다.

그때 중인이 술렁거리기 시작했다.

"화산이다!"

"오, 화산파다!"

그 술렁임은 무관주들 사이에서 더욱 심했다. 아직 방파도 제대로 없는 이곳 싸락골에서 화산파가 공식적인 행사에 모습을 드러낸 것은 처음이었기 때문이다.

"화산파의 장로께서……."

"군자 매화검이다!"

정천진인과 현도를 위시한 화산 제자들이 들어서자 중인들이 술렁거렸다. 그들 역시 상석으로 가 자리를 잡았다.

"먼저 와 계셨군요."

"큼."

정천진인이 걸왕에게 포권을 하며 인사를 하자 중인들이 더욱 술렁거렸다. 화산파의 장로가 거지에게 인사를 할 줄은 몰랐던 것이다. 아직 걸왕의 정체를 아는 것은 무위관의 식솔들뿐이었다.

그때 무위관의 식솔 하나가 자랑스럽게 말했다.

"저분이 바로 걸왕 어르신입니다."

"허억!"

순간 여기저기에서 놀란 음성이 튀어나왔다.

그렇지만 놀랄 일은 그걸로 끝이 아니었다.

"소요검선께서도 이 자리에 오셨다오."

말이 끝나기가 무섭게 소요검선이 손녀인 진이령과 함께 안으로 들어섰다.

"허어! 저분이 바로 그……."

사람들은 계속해서 나타나는 강호 인사들을 보며 놀람 섞인 탄성을 터트렸다.

"절검대다, 절검대! 제갈세가의 절검대와 정도맹의 총군사인 신뇌 제갈장천이다!"

"제갈세가까지!"

이어서 제갈세가가 등장하자 그들을 알아본 누군가가 마

치 소개라도 하듯 외쳤다. 이어서 개방의 천만개도 들어섰다.

"개방의 구지신개 방주도 왔다니!"

역시나 그가 그냥 거지가 아님을 알리는 외침이 터져 나왔다. 여기저기서 터져 나오는 탄성에 그저 일반 잔칫집이겠거니 하고 가벼운 마음으로 찾아왔던 사람들은 정신을 못 차리고 감탄할 뿐이었다.

대부분 강호와 상관없는 사람들이었지만, 전부 그런 것은 아니었다. 뒤늦게 온 현령과 무관의 관주들, 그리고 인근 소규모 표국의 국주들도 갑자기 나타난 무위장에 대한 궁금증으로 찾아왔다가 엄청난 내방객들의 면면에 놀랄 뿐이었다.

"그런데 어떻게 얼굴만으로 그분들인 줄 아는 건가?"

"그러게, 거참……. 응?"

등장하는 사람들의 정체를 차례차례 말해 주었던 사람을 신기하다는 듯 돌아본 중년인들은 고개를 갸웃거렸다.

"조금 전까지 여기 있던 친구 어디 갔나?"

"그, 글쎄?"

"거참, 귀신같네?"

그때 저 멀리서 누군가의 목소리가 계속 울려 퍼졌다.

"이야, 무위장이 정말 엄청난가 보다!"

"그러게! 이런 분들이 모여들다니!"

"함부로 하면 안 되겠는걸?"

수많은 목소리들이 각기 무위장을 칭송하듯 떠들어 대었다.

쉬쉬쉭!

전각 뒤편에 장무위가 유령처럼 스윽 하고 나타났다.

"아, 칼칼하다."

"어련하시겠어요."

송화가 혀를 차며 물그릇을 내밀었다.

"오! 고맙다!"

그릇을 받아 든 장무위가 벌컥벌컥 단숨에 물을 들이켰다. 그 모습을 보며 송화와 만덕이는 그를 이해할 수 없다는 시선을 보내고 있었다. 물을 다 마신 장무위가 인상을 찌푸리며 말했다.

"뭐냐, 그 반항 어린 시선은."

"시끄럽게 하지 않는다는 거 아니었어요?"

송화가 고개를 갸웃거리며 물었다. 그러자 장무위가 히죽 웃으며 대꾸했다.

"그래도 적당히 거물이 온 것을 사람들이 알아주면, 앞으로는 알아서 길 게 아니냐."

"그래도 창피하잖아요!"

"난 줄 모르면 되지."

"……."

장무위의 천연덕스러운 대꾸에 아이들은 고개를 설레설레 저었다. 순간 장무위의 몸이 흐릿해지더니 사라졌다.

마치 처음부터 그곳에 없었던 것처럼.

이어서 익숙한, 그러나 약간 다른 듯한 음색의 외침이 들려왔다.

"우와! 화산파의 군자 매화검이 여기까지 오다니!"

"히야아! 무위장이 방귀깨나 뀌나 보다! 현령 권력으로 군대 보내려 해도 안 갈 수 있겠어!"

"……."

사방에서 울려오는 익숙한 내용에 고개를 내저은 송화가 만덕이를 내려다보았다.

"만덕아."

"응, 누나."

"넌 저런 거 배우지는 말아라."

송화의 진심 어린 충고에 만덕이가 해맑은 표정으로 말했다.

"걱정 마, 누나. 난 이형환위 같은 거 못해."

"……그것 참 다행이구나."

한숨을 푹 내쉰 송화는 다시 음식을 하러 주방으로 향했다.

잠시 서 있던 만덕이가 손바닥을 펴 보았다.

동전 다섯 푼이 쥐어 있었다.

히죽 웃은 만덕이는 달려나가며 외쳤다.

"우와아! 무위장은 정말 웅담호혈 같다아아아!"

그나마 용담호혈을 웅담으로 바꿔 외치는 만덕이었다.

"미친……."

천지사방 이형환위를 펼치며 호객 행위를 하는 장무위의 모습을 단상 위에서 바라본 걸왕의 입에서 욕설이 저절로 튀어나왔다. 하지만 그 욕을 끝까지 내뱉지는 못했다.

칼 같은 살기가 느껴졌기 때문이었다. 한창 홍보를 하는 와중에도 장무위가 그를 향해 경고를 날린 것이다. 그러자 걸왕의 욕설이 슬그머니 들어갔다.

일단 협박에 굴복하여 이 자리에 나왔지만, 정말로 장무위와 얼굴을 맞대기 싫었다. 어르신이라 불렀던 때보다도 더 만나기 싫었다.

"여기서 만나게 됐수."

그때 천만개의 음성이 들려왔다. 걸왕은 천만개를 보며 저절로 고개를 숙였다.

"……미안하다."

"맞으려면 그냥 곱게 맞을 것이지 남의 집, 아니 하필이면 그 양반 집 담벼락을 박살 내서……."

장무위가 천만개에게 담벼락 수리비를 청구한 날, 걸왕은 그의 시야에서 잠시 동안 사라졌었다. 돈도 돈이었지만, 매 맞고 기물 파손비까지 물어 줘야 하는 이 상황이 너무도 창피했기 때문이었다.

"그건 더 묻지 말아다오."

풀 죽은 걸왕의 대답에 천만개가 살짝 한숨을 내쉬고는 조심스럽게 질문을 했다.

"사형, 더는 없는 거요?"

"뭐가."

"내가 알아야 할 일."

천만개의 질문에 걸왕이 애써 고개를 돌리며 말했다.

"……없다."

그때 장무위가 나타났다.

"오, 왔구나."

"오셨소, 형님."

장무위가 나타나자 걸왕이 재빨리 인사를 했다. 그 어느 때보다도 공손한 모습에 천만개가 게슴츠레 눈을 뜨며 걸왕을 바라보았다.

"응? 형님이라니?"

순간 장무위가 눈을 말똥거리며 걸왕에게 반문했다. 그러자 천만개의 눈가가 살짝 비틀렸다. 분명 형님 삼기로 했다는 것을 들었는데 장무위의 태도가 이상했다.

"형님, 내 잘 모시겠소."

"누가 형님이냐?"

장무위가 눈을 부라리며 고개를 삐딱하게 비틀었다. 그리고 다시 확인하듯 물었다.

"누가 형님이냐고오! 아앙?"

"……."

걸왕이 울컥하는 표정으로 고개를 살짝 숙이자 장무위가 천천히 걸왕에게 다가가 중얼거렸다.

"자, 제대로 불러 봐라."

"크……."

벌겋게 변한 걸왕의 입이 천천히 움직이기 시작했다.

"……차라리 계속 어르신이라고 부르게 해 주시오!"

머뭇거리던 걸왕의 입에서 나온 말에 충격을 받은 것은 천만개였다. 그는 재빨리 주변을 돌아보았다. 다행히 개장식 덕분에 이쪽에는 시선이 모이지 않고 있었다.

"지금 이게 대체 무슨 일이오, 사형."

"크으윽."

천만개의 다그침에도 걸왕은 대답 없이 침통한 표정만 짓고 있을 뿐이었다. 사건의 당사자가 아닌 천만개는 담벼락 값을 물어 주고 나서야 그동안 걸왕이 한 짓과 장무위가 보복으로 벌인 짓에 대해 알게 되었다.

처음에는 그 역시 장무위에게 분노했지만, 단지 그뿐이었다. 애초에 원인은 이쪽에서 제공한 셈이고, 사실 따지고 보면 장무위 입장에서는 당연한 요구를 한 것이기 때문이다. 막말로 실력도 갖추고 있는 사람이 나이대접 해 달라는 게 뭔 문제인가.

심지어 소요검선도 자신보다 연배가 높다고 인정을 했으니 보증 면에서도 문제 될 것이 없었다. 오히려 문제가 되는 건 형님으로 모시겠다고 말해 놓고도 제 버릇 못 버리고 사고를 치는 걸왕이었다. 하지만 그런 책임 문제와는 별개로, 그 일이 단지 돈 물어 준 것만으로 끝나지 않았다는 게 드러나자 천만개는 초조해지기 시작했다.

천만개는 걸왕이라는 인간에 대해 너무나도 잘 알고 있었다. 그리고 그보다 더 이상한 인종이 장무위라는 것을 직감하고 있었다.

예를 들자면 걸왕이나 장무위를 같은 육식 동물이라고 봤을 때, 걸왕이 스라소니라면 장무위는 호랑이었다.

급수가 달랐던 것이다.

막 나가기로는 강호 제일이다.

사심이 섞일 수 있는 걸왕의 이야기를 제외하고, 광개 등을 통해 들은 이야기를 바탕으로 가감 없이 판단한 결과다. 아니, 단순히 막 나가는 것도 아니고 어쩌면 지능적이다. 딱 자기 힘으로 감당할 수 있는 만큼만 사고를 치고 수습을 하는 게 또 장무위였기 때문이었다. 이 부분은 머리가 좋아서라기보다도 거의 본능에 가까운 감각 같은 것이 있어 가능한 것으로 보인다.

그런 장무위와 걸왕이 이번에는 또 무슨 짓을 벌여 놓았는지, 천만개는 알아야만 했다. 알아야 미리 수습하기 때문이었다.

그때 장무위의 입이 열렸다.

"이래서 내가 형님이라고 부르지 말라고 했던 거다. 또 말을 바꾸잖냐."

"그, 그래도 이건……."

"이건 뭐……. 쯧, 왕이란 글자가 아깝다. 앞으론 걸왕이라 하지 말고 그냥 상걸뱅이라 해라."

"그럼 계속 형님이라고 불러도……."

"사형…… 미쳤구려."

상걸뱅이라는 소리를 듣고도 호칭에 미련을 못 버리는 걸왕의 모습을 보고 천만개는 허탈한 표정으로 중얼거렸다. 그때 장무위가 험악한 표정을 지으며 말했다.

"사람도 많은데 알려지면 참 좋겠다. 협의를 숭상하는 개방의 최고수 걸왕이 이랬다가 저랬다가 손바닥 뒤집듯이 말 바꾸길 좋아한다고 말이다."

"아, 안 돼!"

대답은 천만개에게서 나왔다.

다른 이는 몰라도 걸왕은 안 된다.

걸왕은 그 자체가 개방의 상징이었기 때문이다. 문파의 상징이 한 입으로 두말한다는 소문이 난다면 그것은 개방에게 직접적인 타격으로 돌아온다.

개방은 협과 의를 숭상하며 신의를 밑바탕으로 먹고사는 방파다. 비록 커다란 한 방이 없어 머릿수로 해결한다는 소리를 자주 듣기는 하지만, 개방의 신의만큼은 강호가 인정해 주었다. 같은 정보를 다루면서도 하오문이나 흑점 등과 격이 다른 대접을 받는 게 바로 그 때문이었다.

이는 정보 상인으로서도 중요한 덕목이다. 신의가 없으면 그 정보가 진실인지 아닌지 어찌 알겠는가.

그때 장무위가 선심을 쓴다는 듯 말했다.

"뭐, 여기 개방주께서 마음 졸여 하시는데 나도 그렇게까지 야박하게 굴지는 못하겠네."

"그럼 형님이라고……."

"단! 외부 인사들이 있을 때만."

순간 걸왕이 고개를 번쩍 들며 입을 열었지만 장무위는 그의 말이 채 나오기도 전에 제지하며 단서를 붙였다.

"그, 그러면?"

"너랑 나, 그리고 천만개와 소요영감, 또 현도랑 청수, 청운, 청풍, 이 셋과 함께 있을 때는 내가 일러준 대로 불러라."

"혀, 현도와 청 자 배 녀석들 앞에서 어찌……."

"그럼 제갈세가의 제갈장천이랑 제갈유인가 하는 녀석도 추가하고 또 정천……."

장무위의 말이 계속 이어지자 걸왕은 결단을 내리고 그의 손을 덥석 잡았다.

제발 더는 하지 말라는 간곡함을 담아서…….

"하겠소!"

"불러 봐."

천만개가 긴장했다. 그리고 걸왕은 참담한 표정으로 떨리는 입을 서서히 열었다.

장무위의 두 눈이 초승달을 엎어 놓은 것처럼 급격하게 휘어졌다. 입은 그냥 안 엎어진 초승달 모양이었다.

"오……."

"어서 불러라."

"오……."

뭔가 운을 떼긴 했는데 뜸을 들이니 천만개는 답답해지기 시작했다. 차마 뒷말을 잇지 못하는 걸왕에게 장무위가 천연덕스럽게 말했다.

"싫으면 아까 말한 대로……."

"빠……."

"……."

천만개는 잠시 귀를 후볐다. 요즘 들어 가는귀를 먹었는지 종종 잘못 듣는 경우가 있었기 때문이다.

장무위의 음성이 들려왔다.

"다시 불러 봐라. 붙여서."

그리고 걸왕이 대답했다.

"오빠……."

잠시 후 장무위는 가벼운 발걸음으로 장원의 마당으로 향했고, 걸왕은 그 자리에 주저앉아 있었다. 그리고 천만개는 뒷짐을 지고 뙤약볕이 쪼이는 하늘을 보며 한숨을 내쉬다가 걸왕을 향해 천천히 입을 열었다.

"사형"

"……응."

"불알 떼쇼."

"……."

천만개의 말에 걸왕이 머리를 감싸 쥐며 웅얼거렸다.

"차라리 떼고 싶다."

장무위가 내건 조건.

그건 그를 오빠라 부르는 것이다.

걸왕이 이뻐서가 아니다. 사내가 돼 가지고 자꾸 말을 바꾸고 찌질하게 구니 차라리 오빠라고 부르라 한 것이다.

칠십 노구에 같은 남자를 오빠라 부른 수모를 겪은 걸왕은 그 후로도 한참이나 자리에서 일어나지 못하고 좌절에 빠져 있었다.

차라리…….

어르신일 때가 좋았다.

*   *   *

잠시 후, 장무위가 단상에 올라 모인 하객들에게 인사를 했다. 이미 그가 사전 작업을 해 둔 덕인지 장내는 어디 신진 문파의 개파대전처럼 들떠 있었다. 장무위의 굵고 짧은 인사에 청수가 혀를 찼다.

"앞으로도 잘 이용해 주십시오, 라니……."

"그래도 일관성은 있잖습니까."

"그건 그렇다."

청운의 대답에 청수가 허탈한 웃음을 지었다.

무위장이 개장하면서 이전에 살던 초옥은 진짜 객잔처럼 꾸며져 버렸다. 물론 동네 객잔주들의 항의가 있었지만, 장무위가 철저한 고급화 전략으로 나갈 것이라 천명을 하자 다른 객잔주들은 안심을 했다.

달리 안심을 한 게 아니라, 거지같이 꾸며 놓고 바가지 씌우겠다는 장무위의 대답에 굳이 신경을 쓰지 않아도 알아서 망하겠다고 판단한 것이다.

사실 지금까지 장무위가 한 일 중에 무언가를 운영해서 잘 된 적은 없었던 것도 한몫했다.

처음 무관을 운영했을 때는 싸락골의 공적이 되었다. 물론 이후에 한 것들은 잘 되었었지만 그건 무언가를 운영한 것이라기보다는 혼자 잘해서 돈을 번 것이었다.

그나마 운영이라고 부를 만한 건 그때그때 막가파와 송화 등이 신경을 써서 수익을 제대로 만들어 낸 것뿐이다. 그 이후 이어진 장무위의 행동은 돈 있는 동네 한량이나 졸부, 혹은 호구의 그것이나 마찬가지였다.

그래도 주위 입장에서는 나쁜 이웃이라기보다는 좋은 이웃이었다. 그가 아니었다면 솔직히 요즘처럼 살기 좋아지진 않았을 것이기 때문이었다.

막가파도 착해졌고, 예전보다 사람들이 많이 찾아오다

보니 동네 살림들도 다 좋아졌다. 또한 장무위가 유흥을 위해 돈을 펑펑 써 주는 덕에 주루들의 물이 급격히 좋아져 동정호 변 남정네들의 행복 지수가 올라갔다. 애석하게도 아낙들의 불쾌지수는 그 배로 솟구쳤지만.

"그런데 어르신께서는 무슨 일이시지요?"

청풍이 시선을 돌린 곳에는 걸왕이 넋이 나간 채로 꾸부정하게 앉아서 살짝 벌어진 입가로 침을 조금 흘리고 있었다. 척 보기에도 정상적인 상태가 아니었다.

"글쎄……. 엊그제 시끄럽더니 그 여파가 아닐까."

청수가 걸왕을 보며 그럴듯하게 추론을 했다. 그러자 청운이 한숨을 쉬며 대꾸했다.

"뭔가 또 강요당하셨겠지요."

"그렇겠지?"

"아마도요."

대답을 한 청운이 양손을 활짝 올리고 동네 사람들의 환호성을 받고 있는 장무위를 보며 한숨을 쉬었다. 어차피 기대도 안 했지만, 개장식은 청운의 관점에서 봤을 때 개판이었다.

형식도 없고 줄도 없었다. 사람들 잔뜩 끌어다가 앉혀 놓은 뒤 음식 내오고 떠들썩거리는 데다, 주인이라는 양반은 술독을 들고 다니면서 여기저기 따라주고 받는다.

나름대로 주요 인사들을 위한 자리는 한쪽에 따로 만들었지만, 자리가 자리인 만큼 정식 소개는 하지 않았다. 그렇다고 또 아예 소개가 안 된 것은 아니었다. 장무위 스스로 이형환위를 써가며 선동하듯 소문을 퍼트렸다.

"동네 졸부의 잔치 그 이상도 이하도 아니네요."

청풍이 픽 웃으며 중얼거렸다. 그때 정천진인이 처음으로 운을 떼었다.

"그래도 말이다."

사조뻘인 정천진인의 말에 청 자 배 제자들은 일제히 입을 다물고 그를 바라보았다. 제법 신경을 썼는지 향이 좋은 술 한 잔을 들어 올리며 정천진인은 천천히 말을 이었다.

"허례에 매달리는 것보다는 이런 것이 좋지 않겠느냐?"

"예?"

"이곳에는 그저 잔치를 즐기는 이들밖에 없잖느냐."

정천진인의 말에 청 자 배 제자들은 장내로 고개를 돌렸다.

그 말대로 여기에는 정말 잔치를 즐기는 이들뿐이었다. 괜스레 무게를 잡는 이도 없었고, 치열하게 상황을 분석하며 미래를 대비하려는 무파들의 머리싸움도 없었다.

"그건 그렇지만……."

"비록 우리 자리는 구분되어 있지만, 저기 어디에 구분이 있느냐."

"……."

그 말에 여태까지 보이지 않던 것이 눈에 들어왔다.

개방으로만 보였던 이들 중에는 그냥 동네 거지도 섞여 있었고, 허름한 차림의 남자가 아이들을 잔뜩 데리고 와서 상 하나를 차지하고 앉아 있기도 했다.

상인도 있었고, 어디서 허드렛일을 하는 일꾼도 보였다. 노인도 있었고, 아이도 있었다.

그저 사람들이 있었다.

第十章

잔치는 끝나고⋯⋯

　어느 정도 시간이 흘러 흥이 무르익을 때쯤 광저가 나와
장내를 정리했다. 자신이 의욕적으로 준비한 행사가 성공
적으로 진행되어 흡족했는지, 광저는 만족한 웃음을 입가
에 매달고 있었다. 물론 막우는 별문제 없이 개장식이 마
무리될 듯하니 그나마 다행이라는 표정으로 한숨을 내쉬고
있었다.

　광저가 박수를 치자 곱게 차려입은 무희들이 단 위로 올
라왔다. 그 모습을 본 장무위가 박수를 치며 좋아했다.

　"그렇지! 잔치에 춤이 빠지면 안 되지!"

　"우와아아!"

이곳에 모인 사람들도 대부분 장무위와 같은 생각이었는
지 함성을 질렀고, 이 자리를 마련한 광저는 환하게 웃었
다. 잘했다고 하는데 싫어할 이가 어디 있겠는가.

뚱땅~!

음악이 시작되고 단 위에 올라선 무희들이 일제히 팔을
뻗었다. 가늘고 하얀 섬섬옥수가 허공을 휘저을 때마다 사
람들의 탄성이 일었다. 막우의 입에서도 역시 신음이 흘러
나왔다.

탄성이 아닌 신음이었다.

"으으음."

무희들을 보고 있자니 뭔가 알 듯 말 듯한 느낌이 들면서
불안감이 솟구치는 것을 느꼈다. 뭐라고 딱 꼬집어 말할 수
없는 불길한 예감이 머리를 스쳤다.

순간 막우의 눈동자가 커졌다.

그리고 동시에 천들이 하늘로 날아올랐다.

푸읍!

소란스러운 환경에 적응을 하지 못하고 어색하게 앉아
있던 제갈장천의 입에서 술이 뿜어져 나왔다.

"이게 뭐야?"

제갈장천은 입가로 흘러내리는 술을 닦을 생각도 하지

못하고 멍한 표정으로 중얼거렸다.

무희들이 일제히 겉옷을 집어 던진 것이다.

그리고 그때쯤 또 한 꺼풀의 옷이 벗겨져 날아갔다.

"허……."

제갈장천은 그만 할 말을 잊었고, 말문이 막힌 그를 대신해 제갈유가 한마디 내뱉었다.

"강호 역사에 길이 남을 장원 개장식일 겁니다."

광저의 호쾌한 음성이 장내를 울렸다.

"호남 명물 청월루의 홀딱 춤입니다!"

광저의 소개가 신호가 된 듯 무희들의 몸을 가리고 있던 천들이 하나씩 그녀들의 몸에서 떨어져 나갔다.

훌렁훌렁!

"더험!"

정천진인은 순간 숨을 멈췄고, 청 자 배 제자들은 저도 모르게 두 눈이 충혈되는 것을 느꼈다.

장원을 여는 개장식에 기루의 무희들이 나와 홀딱 춤을 추다니…….

하지만 그들은 어이없어하면서도 굳이 두 눈을 가리거나 고개를 돌리지는 않았다.

주인에 대한 예의가 아니었기 때문이었다.

소요검선은 황급히 손녀의 두 눈을 가렸다.

"어허, 이를 어찌할꼬."

"할아버지, 안 보여요!"

"보아야 할 것이 아니로구나."

"그럼 할아버지는 왜 보고 있어요?"

"……."

소요검선은 잠시 침묵했다.

손녀를 위해서라면 차라리 이 자리에서 데리고 나가는 게 더 나았을 터인데 말이다. 소요검선이 안타까운 음성을 내뱉었다.

"손님이 된 입장에서 주인의 대접이 마음에 들지 않는다고 자리를 뜨면 예의가 아니란다."

"암, 예의가 아니지."

언제 의기소침해졌느냐는 듯 걸왕은 눈을 반짝거리며 홀딱 춤을 감상했다.

홀딱 춤이 끝난 뒤로도 뱀 춤 등의 동물을 이용하는 춤과 항아리 춤, 봉 춤 등 기물을 이용하는 춤들이 계속 이어졌다. 자연히 아이들은 등을 떠밀려 집으로 돌아가고 신이 난 어른만 남았다. 그 광경을 바라보며 장무위는 성공적인 장원 개장식이라 자평하고는 고개를 끄덕였다.

그렇게 무위장의 개장식이 싸락골을 한차례 들었다가 났다.

"이거 뭐라고 보고하지요?"

"……."

은월 칠 조장은 수하의 말에 잠시 침묵했다.

임무를 수행하다가 얼떨결에 무위장의 개장식에 참가한 것까지는 좋았지만, 지금 단 위에서 알몸으로 뛰어다니는 처자들을 보니 무어라 할 말이 없었던 것이었다.

"위에서 자세히 보고하라고 했잖습니까."

"맞습니다. 특급 정보 대상이잖습니까."

"……."

수하들의 말에도 은월 칠 조장은 섣불리 결정을 내리지 못했다. 한참을 고민한 그가 수하들에게 명령을 내렸다.

"일단."

"예."

"다 보고."

"네?"

"다 보고 고민하자."

은월 칠 조장은 술잔을 들어 올리며 잔에 담긴 술을 한

모금 입에 물었다. 그의 눈앞에서 지금 막 봉을 가지고 온 처자가 치마를 걸친 채 그 안의 속곳을 집어던지고 있었다. 나풀거리며 날아오른 그 속곳을 은월 칠 조장이 잡았다.

"오빠~!"

칠 조장이 웃었다.

그의 미소는 더할 나위 없이 해맑았다.

이 순간만큼은 모든 것을 잊고 싶은 게 그의 심정이었다. 그 모습을 본 수하들이 이해한다는 듯 중얼거렸다.

"이건 뭐, 사실대로 말해도 끌려갈 판이니……."

그들의 눈에 비친 은월 칠 조장은 이미 작전이고 나발이고 모든 것에 초탈한 모습이었다. 그는 아예 무희의 속곳을 뒤집어쓰고 앉아 있었다. 이렇게 된 바에야 차라리 즐기는 게 남는 것 같다는 느낌이 드는 순간이었다.

그날 저녁 은월 칠 조장이 전서구를 날리며 환하게 웃었다.

"날아올라라~ 훌훌 날아올라라~"

정신머리까지 날려버린 듯한 그 모습을 본 은월 칠 조원 중 하나가 안타까운 시선을 보내다가 옆의 동료에게 말했다.

"짐 싸야겠지?"

"뭐……. 소환하겠지, 뭐."

"차라리 가는 게 나아."

은월들은 날아오르는 전서구를 바라보며 씁쓸한 대화를 주고받았다.

무위장의 개장식이 성공적으로 끝난 날 밤에 있었던 일이었다.

*　　　　*　　　　*

"은월 칠 조장에게서 보고가 들어왔습니다."

"그래, 침투는?"

"별 무리 없이 무위장의 개장식에 들어갈 수 있었다고 합니다."

"다행이군."

등을 돌린 채 보고를 듣고 있던 위지무가 몸을 돌려 은월 대주를 보았다. 그런데 은월대주의 표정이 미묘했다. 그 표정을 보고 살짝 한숨을 쉰 위지무가 손을 내밀었다. 굳이 대화를 주고받지 않아도 이번 보고서 역시 뭔가 이상하리라고 예상한 것이다.

은월대주가 보고서를 넘겨주면서 말을 이었다.

"이번 무위장의 개장식에 공식적인 사절은 아니지만 정도맹의 제갈장천이 참석했다고 합니다."

"신뢰가?"

위지무의 눈썹이 꿈틀거렸다.

전마성의 위지무가 계략이나 일을 꾸미는 데 정통하다는 평을 받고 있다면, 정도맹에서는 제갈장천이 그 위치에 있었다.

물론 기본적인 무위 자체는 위지무에 비할 바가 아니었지만, 제갈세가는 대대로 내려온 명가 중의 명가이니 함부로 무시할 수 없었다. 게다가 신뢰 제갈장천의 이름은 허명이 아니었다. 그가 쉽게 볼 수 있는 인물이 아니라는 증거는 이전의 전마성과 정도맹의 전쟁에서 이미 나온 바 있었다.

세력적으로 우위를 보이는 전마성이 쉽사리 정도맹을 넘어서지 못했던 이유 중 하나가 바로 제갈장천이었던 것이다. 그 때문인지 위지무의 표정이 심각해졌다.

"싸락골에서의 실패 때문에 나온 것인가?"

"그렇게 볼 수도 있지만, 그의 행적을 살펴보면 꼭 그게 맞다고는 할 수 없습니다. 오히려 그가 싸락골로 오는 중간에 일이 벌어졌으니 말입니다."

"그런가?"

위지무의 반문에 은월대주가 설명을 이었다.

"예, 만약 사전에 알았다면 정도맹에서 움직임이 있었을 겁니다."

"걸왕이 있어서 모른 체한 것은 아니고?"

"……."

은월대주가 잠시 고민을 하더니 다시 입을 열었다.

"그 부분은 장담할 수 없습니다. 하지만 역시 아니라고 봅니다."

"이유는?"

"다른 움직임 자체가 없었기 때문입니다. 정도맹은 왕곰 파에서부터 일이 시작된 것을 몰랐던 것이 확실합니다. 일 이 터지고 나서야 왕곰파의 거처를 들쑤셨기 때문입니다."

"그렇군."

위지무가 고개를 끄덕이며 보고서를 펼쳤다.

"흠……. 절검대와 함께라?"

"정도맹의 병력이 아닌 것으로 보아 개인적인 일로 움직 였다고 봐야 할 듯합니다."

"그렇겠지. 절검대가 파견 형식으로 정도맹에 소속되어 있다고 해도 어디까지나 제갈세가의 무력 집단이니까 말이 야."

고개를 끄덕인 위지무가 계속해서 서신을 읽어 내려갔 다.

"정천진인?"

"그렇습니다."

"정천진인이 싸락골을 왜 가는가?"

"그게, 널리 알려진 내용은 아닙니다만……. 장무위가 화산파의 군자 매화검에게 깨달음을 안겨주었다고 합니다."

"군자 매화검에게?"

"그렇습니다."

"그 사실을 왜 이제야 알려 왔는가."

"이전에도 보고는 들어왔었습니다. 그 몽정 도사 이야기가 바로……."

"……."

은월대주가 말끝을 흐리자 위지무가 인상을 살짝 찡그리며 다시 서신을 보았다.

"일개 장원이 문을 여는데 비공식적으로 참여한 인원이 제갈세가의 신뇌와 절검대, 그리고 화산의 정천진인에 개방의 구지신개와 걸왕……."

잠시 서신을 읽어 내려가던 위지무의 얼굴이 더욱 찌푸려졌다.

"소요검선까지……. 화경의 고수가 둘이나 왔다는 건데 이상하지 않은가?"

"이상합니다."

분명 일개 장원의 개장식 손님이라고 하기에는 과한 면면들이었다. 게다가 그것도 소문이 돌아서 알려진 것이고, 내빈을 소개할 때에는 그들의 소개를 생략했다는 보고가 들어 있었다. 굳이 알리지 않겠다는 의도였던 것이다.

그러나 화경의 고수가 둘이나 모였으면 당연히 따라오는 인원은 더 늘어야 정상이다.

방귀깨나 뀐다는 중소문파도 참석해야 정상이고, '화산이 하면 우리도 한다!'라는 희한한 사고방식을 가진 무당도 와야 정상이었다. 그런데 그것도 아니다. 이들을 빼고 나면 참여 인사가 동네 무관주며 객잔 주인들이다.

이것은 강호 인사의 장원을 개장하는 것도 아니고, 동네 유지가 장원을 여는 개장식도 아니었다.

"세세하게 보고가 올라와 좋긴 한데…… 행사 진행 상황?"

위지무가 고개를 갸웃거리며 다음 장을 넘겼다. 그리고 얼굴이 살짝 굳어졌다. 딱딱하게 얼굴을 굳힌 위지무를 보며 은월대주는 올 것이 왔다는 표정을 지었다.

"이게 뭔가."

"그날 행사 목록입니다."

"이게?"

"예."

"……."

다시 이어진 침묵.

위지무의 입이 천천히 열렸다.

"……홀딱 춤, 서시와 아이들, 항아리 춤, 봉 춤, 양귀비와 항아의 한풀이 춤……."

"……."

위지무는 감정이 담기지 않은 목소리로 서신을 읽어 내려갔고, 은월대주는 체념한 듯 눈을 감고 있었다. 잠시 후, 서신을 곱게 접은 위지무가 입을 열었다.

"이걸 소요검선이랑 걸왕, 그리고 제갈장천과 정천진인을 초대해서 했다고?"

"그렇답니다."

"장무위가?"

"예."

"……."

위지무는 말없이 다시 접어놓은 서신을 보았다.

무표정이었다.

은월대주가 추가로 한마디 덧붙였다.

"그 밑에 보면 행사 감독이라는 항목에 광저라는 이름이 있습니다. 그자가 이 행사를 꾸몄다고 합니다."

"광저는 뭐 하는 놈인가."

"이전 막가파 이인자입니다."

"막가파라면?"

"흑사파 싸락골 지부가 이름을 바꿔 달았던 게 막가파입니다."

"……."

왕곰파를 이용해 공작을 펴 보았던 곳이 다름 아닌 흑사파 싸락골 지부였다. 장무위와의 연관성을 알아보기 위해서였다. 애초에 어느 정도 짐작을 하고 있었던 만큼, 그 이름이 지금에 와서 무위장과 연관이 있다는 게 확인되어도 이상한 일은 아니었다.

그러나 정도맹에서도 최고 반열에 올라 있는 소요검선이나 걸왕을 자리에 불러 놓고 이런 걸 한다?

차라리 녹림의 총표파자나 전마성주를 불러놓고 그랬다고 하면, 미친 건 똑같지만 그래도 그러려니 할 수 있었다.

그런데 이건…….

화르르륵!

위지무의 손에서 삼매진화가 일어나 서신을 홀랑 태웠다. 그러고 나서 위지무가 뒷짐을 지고 창밖을 바라보며 입을 열었다.

"싸락골에 가 있는 게 몇 조지?"

"은월 칠 조입니다."

"걔들이 그때 걔들이지?"

"예."

뒷짐을 진 위지무의 주먹에 꽈악 힘이 들어갔다.

"불러들여."

"……잡아들이는 게 아닙니까?"

"싸락골에서 벌어진 일이 정상이었던 적이 있나?"

"없습니다."

"그러니 불러들여. 한번 직접 들어 봐야겠다."

걱정했던 것과는 달리 위지무가 이성적인 반응을 보이자 은월대주는 가슴을 쓸어내렸다.

"알겠습니다."

"그리고 싸락골 주변을 좀 살펴보도록."

"주변 말입니까?"

위지무가 고개를 끄덕이며 입을 열었다.

"다른 정도맹의 세력이 인근에 와 있는지 말이야."

"이유를 여쭈어 봐도 되겠습니까? 그래야 임무의 범위를 좀 확실하게 파악할 수 있을 것 같습니다."

은월대주의 신중한 질문에 위지무가 담담한 음색으로 말을 내뱉었다.

"화경의 고수 둘과 제갈가의 신뇌, 개방 방주…… 그리고 화산의 대외적인 일을 맡는 장로 하나면 충분히 먹음직스럽지 않겠는가?"

"알겠습니다."

은월대주가 고개를 숙였다.

전서구들이 각자 갈 길을 찾아 날개를 퍼덕이며 사방으로 날아갔다.

*   *   *

"후우."

제갈장천의 입에서 한숨만 흘러나왔다.

"아쉬우십니까."

"뭐, 아니라고는 못 하겠네."

장무위와의 연을 돈독히 해 보고자 남았거늘, 희한한 소문의 주인공 중 하나가 되어 버렸다.

지금 세간에 떠돌고 있는 그 희한한 소문은 바로 정도맹 인사들이 싸락골에서 무희들을 잔뜩 불러다 홀딱 춤 등을 단체 관람했다는 것이었다.

"그런데 세가의 형수님께는 어찌 설명을……."

제갈유가 조심스럽게 말문을 뗀 순간 제갈장천의 얼굴이 시커멓게 죽었다.

발보다 빠른 게 소문이었다.

사실 제갈장천이 그런 희한한 소문이 돈다는 사실을 알게 된 것부터가 제갈세가에서 날아온 전서 때문이었다. 정확히는 제갈세가에 있는 제갈장천의 부인이 보낸 전서 때문이었다. 부인이 보낸 전서는 짧고 명료했다.

아랫도리에 달린 무기 함부로 휘두르지 말 것.

처음에는 이게 무슨 소린가 싶었다가 이런 소문이 돌고 있다는 것을 처음으로 알아챈 것이다.

그 덕에 정천진인은 방에서 두문불출하고 있었고, 개방의 천만개 방주와 걸왕 역시 자숙하고 있었다. 거지들이 구걸로 떼돈을 벌어 기녀 끼고 논다는 소문이 돌아, 인근 개방 방원들의 수입이 급감하기 시작했던 것이다.

결과적으로 무위장에서의 개장식이 각지에 끼친 여파가 적잖았다.

"고생했다."

"감사합니다요, 형님!"

성공적인 개장식을 마치고 며칠간 손님들을 대접하느라 바빴던 장무위는 그동안 고생했던 광저를 치하했다. 한동안 걸왕에게 시달리느라 제대로 움직일 수 없었던 막우를 대신해 광저가 거의 모든 일을 준비하고 처리했기 때문이었다.

광저가 의기양양한 표정으로 막우를 슬쩍 바라보았다. 사실 광저는 행사가 끝나고 막우에게 끌려가 복날 개 맞듯 맞았었다. 기녀를 불러다 옆자리에 앉히지 말라고 했더니, 그것만 빼고 온갖 유흥이란 유흥은 다 불러온 것이다.

물론 흑사파 시절에는 막우도 이러고 놀았다.

하지만 지금은 그때와 다르지 않은가?

심지어 반쯤 헐벗은 무희가 춤을 추던 도중 소요검선에게 다가가 그의 무릎 위에 엉덩이를 걸치고 목에 팔을 둘렀을 때는, 한동안 걸왕이 선사해 주었던 악몽이 다시금 떠올라 눈앞이 깜깜해지기도 했었다.

다행히 아직까지 소요검선의 응징은 없었다.

그래서 행사가 끝나고 옛날의 추억을 만끽하며 광저를 두들겼던 것이다. 그런데 정작 장무위는 광저를 보며 정말 즐거웠다고 칭찬을 하고 있었다.

장무위가 침을 튀기며 말했다.

"정말이지, 내가 옛날 전쟁터에서 가장 부러운 게 이거였걸랑. 있는 놈들이 사기 진작한다고 애들 데리고 와서 춤추고 먹고 마시는데, 우리는 그거 조금이라도 구경한다고…… 아우!"

주먹까지 부르르 떠는 모습을 보니 정말로 기분 좋았던 것 같았다.

"여하간 내 언젠가 꼭 해 봐야지 했었는데, 역시 이렇게 하니 정말 좋긴 좋더만. 앞으로도 종종 잔치할 때 불러야겠어."

"그렇죠, 형님?"

"당연하지. 역시 이런 자리엔 좀 벗고 나와서 흔들어 줘야……."

"……."

둘의 대화를 들으며 막우는 망연한 눈길로 무위장의 현판을 바라보았다.

"정체성이……."

무위장의 정체성이 한량 집단으로 정해지는 순간이었다. 잠시나마 소박한 꿈을 꾸었던 막우의 눈에서 눈물이 흘러나왔다.

＊　　　＊　　　＊

제갈장천이 떠나기 전날, 장무위는 그를 불렀다.

"이거 며칠 더 머물면 좋았을 것을 그러네."

"아닙니다."

묘한 관계가 되어 버린 탓에 제갈장천은 장무위에게 말을 올리고 있었다.

"마누라가 부른다며?"

순간 제갈장천은 제갈유를 바라보았다.

"그게······."

지나가던 투로 말을 한 걸 장무위가 귀신같이 알아듣고 찰떡같이 말하고 있었다.

"쯧, 까짓 거 들이받아 버리게나."

태평하게 말하는 장무위 앞에서 제갈장천은 차마 마누라 무위가 더 높다고 대답할 수는 없었다.

"종종 놀러 오고."

아마 이번에 돌아가면 마누라의 눈을 피해 이곳으로 다시 오기는 힘들 것이다.

이미 이곳 싸락골은 안 좋은 쪽으로 널리 소문이 확산되어 버렸다. 고수들을 대상으로 유흥 문화를 제공하는 곳쯤으로 알려져 버린 것이다. 의도한 것은 아니겠지만, 어쨌든 결과적으로는 장무위가 원했던 대로 이곳에 부담스러운 시선이 몰리지는 않을 것이다. 명분과 체면을 중요시하는 강호인들이 싸락골에 몰려들 일은 없어진 것이다.

그렇게 담소를 나누던 제갈장천은 문득 이상한 점을 느꼈다.

"응?"

"흐흐흐."

제갈장천이 주변을 둘러보자 장무위가 음흉한 미소를 지었다. 그 미소를 보며 제갈유는 또다시 불안감을 느꼈다.

그때였다.

문이 열리며 손에 쟁반을 든 송화가 들어왔다. 그 모습을 본 장무위가 제갈장천에게 말했다.

"날도 더운데 물이나 한잔 시원하게 들고 가게나."

"이건?"

송화가 내온 대접에는 얼음이 떠 있었다.

지금은 여름이다.

그것도 유난히 더운 여름이었다. 그런데 얼음이 있다는 게 신기하지 않은가?

물론 부자들 중에는 얼음이 어는 동굴을 가지고 있어서 한여름에도 그 시원함을 즐기는 경우가 종종 있었다. 또는 그런 동굴이 없어도 빙공의 고수라면 가능할지도 몰랐다.

그러나 제갈장천이 알기로 장무위는 빙공과 연이 없었다. 척 보기에도 그는 빙공과 거리가 있어 보였다. 아니, 장무위가 문제가 아니었다. 그보다는 이 방 자체가 이상했다. 제갈장천과 제갈유가 느끼는 그 위화감에 대한 해답을 장무위가 내 주었다.

"시원하지?"

"아, 예. 이게 어찌 된 일입니까?"

"흐흐흐."

장무위와 함께 있는 이 방은 시원하다 못해 서늘함마저 느껴지고 있었다. 제갈장천은 장무위의 말을 듣고 나서야 자신이 왜 이 방을 이상하게 여겼는가 알아챘다.

이 방은 비정상적으로 온도가 낮았다.

마치 빙굴 비슷한 곳에라도 있는 느낌이었다.

"뭐, 손님들 오면 종종 즐기라고 만들었지."

"허······."

놀라움으로 인해 장무위의 말은 제대로 귀에 들어오지도 않았다. 진법도 아니었고, 구조적으로 시원함을 만들 수 있는 방도 아니었다. 다른 방과 차이점이 있다면 벽이 조금 더 두껍다는 정도였다.

순간 제갈장천의 얼굴이 딱딱하게 굳어졌다.

"이게 어떻게 된 일입니까?"

제갈장천의 질문에 장무위가 히죽 웃으며 대답했다.

"냉찜질방이라고 하네."

"예?"

"올여름에는 손님이 많겠지?"

"······."

이 시원한 방이 바로 장무위의 새로운 장사 밑천이었다. 그 후로도 몇 번을 더 물어봤지만 장무위는 그저 사업 기밀이라고만 대답할 뿐 자세한 이야기는 하지 않았다.

대신 종종 놀러 오라고만 했다.

방문을 나선 제갈장천이 은은하게 불어오는 냉기를 느끼며 입을 열었다.

"이거 빙정 맞겠지?"

"만약 빙정이라면……."

제갈유가 잠시 말끝을 흐렸다가 다시 이어나갔다.

"전설 속에 나오는 만년 빙정쯤은 될 겁니다."

第十一章

전마성 움직이다

"잘 가! 더우면 놀러 오게!"

멀어지는 제갈장천과 절검대원들에게 마지막까지 아쉬운 소리를 하며 배웅을 마친 장무위는 개운한 마음으로 몸을 돌렸다. 무위장을 한차례 둘러본 장무위가 흐뭇한 얼굴로 중얼거렸다.

"역시 집은 커야 해."

장원으로 들어선 장무위가 정천진인을 찾아가니, 정천진인 역시 짐을 싸고 있었다.

"아니! 벌써 가시려고!"

장무위가 화들짝 놀라며 묻자 정천진인이 어색하게 웃으

며 대답했다.

"본산에서 연락이 와서……."

"허, 이런. 신뇌 그 양반은 마누라가 불렀으니 가는 게 당연하다지만, 진인은 어찌 가시는가?"

"……."

항상 웃는 낯의 정천진인이었지만, 지금 이 순간만큼은 울컥했다.

'원시천존이 부르셔서 갑니다!'

찰나의 순간 마음을 다스리며 목구멍까지 튀어나온 말을 집어넣었다.

그 역시 제갈장천과 별반 다르지 않았다.

화산파의 은인을 모시라 보내 놨더니 '화산파 장로가 여자 끼고 놀더라.' 라는 소문이 돌게 만들었다며 당장 귀환하라는 장문인의 불호령이 떨어진 상태였다. 물론 진실은 아니고 스스로도 떳떳하기에 가서 해명만 하면 되는 일이지만, 어디 소문이 그런 것인가. 아마도 한동안은 고생깨나 해야 할 것이다.

일단 개방에서 소문이 와전됐다는 말을 퍼뜨려주기로 했지만, 그들도 당장 구걸이 안 통하는 처지기에 그 효과가 얼마나 있을지는 장담할 수 없었다.

"그럼 더워지면 장문인하고 함께 놀러 오시게. 여기 시원하니까 말이야."

장무위가 환하게 웃으며 말하자 정천진인이 어색하게 웃
으며 대답했다.

"예……. 뭐…… 알겠습니다."

"내 특별히 싸게 해 드리지."

"감사합니다……."

정천진인은 애써 표정을 관리하면서 인사를 올렸다. 강
호에서 전반적으로 통용되는 배분과는 거리가 멀었지만,
소요검선의 친우이자 걸왕이 형님으로 모시는 이다. 그 때
문에 처음 보았을 때와 달리 대하기가 쉽지 않은 상황이었
다.

아무래도 어색한 것이 너무 젊어 보인다는 것인데, 그것
은 반로환동 비스무리한 것을 했거나 혹은 그가 익히고 있
는 무공의 영향이라 판단하기로 했다. 다른 이도 아닌 소요
검선과 걸왕이 그것도 신경 쓰지 않았을까.

'금 거북이…….'

정천진인은 갑자기 금 거북이가 아까워졌다. 하지만 달
리 생각하기로 마음먹었다. 일단 친분은 확실히 만들어지
지 않았는가. 게다가 장무위의 움직임을 봐선 일부러 다른
거대문파 등과 교류를 해서 관계를 맺을 생각이 없어 보였
다. 그렇다면 지금 상황이 그렇게 나쁜 것만은 아니었다.

그렇게 정천진인은 잘 떨어지지 않는 발걸음을 억지로 떼어내며 화산으로 향했다.

물론 복귀하기 전날 청운을 불러다가 앞으로의 일을 잘 부탁한다고, 언질은 해 두었다. 이번에 그는 복귀하지만, 현도와 더불어 청 자 배 제자 셋은 그대로 싸락골에 기거하게 남겨두었기 때문이다. 왠지 그래야 안심이 되었다. 그렇지 않으면 정말로 금 거북이가 허사가 될지 모른다는 생각이 강하게 들었다.

그리고 그 생각은 그리 틀린 것도 아니었다.

장무위라는 인간은 받은 걸 날로 먹는 데 있어 전혀 양심에 거리낌이 없는 탓이다. 물론 아예 모른 척을 하지는 않지만, 정말 종이짝처럼 얇은 관계라고나 할까?

"으음."

장원을 나선 정천진인이 뒤를 돌아보자 언덕 위에 말끔하게 지어진 무위장이 눈에 들어왔다.

"냉찜질방이라……."

정천진인 역시 그 시원함을 느끼고 깜짝 놀랐었다. 무언가 방을 차갑게 만드는 기물이 있으니 그런 일이 가능할 것이다. 장무위는 그 시원함을 무기로 여름 장사를 한다고 하는데, 정천진인이 보기에는 소 잡는 칼로 닭 잡는 것이라 볼 수 있었다. 그렇게 복잡한 감정이 서린 눈으로 무위장을 잠시 바라보던 정천진인은 다시 발걸음을 옮겨 나갔다.

일말의 소득과 함께 아쉬움을 안고 되돌아가는 정천진인
이었다.

＊　　　＊　　　＊

"정천진인도 빠져나갔습니다."

수하의 보고에 은월 팔 조장은 고개를 끄덕였다.

전마성을 통해 내려온 명령에 의해 원래 이곳을 담당하
던 은월 칠 조가 소환당하고 나서 그 자리를 차지한 것이
은월 팔 조였다.

"이곳은 영 마음에 들지 않아."

은월 팔 조장은 인상을 찌푸렸다.

은월 칠 조장에 대해서는 그도 잘 알고 있었다. 침투를
할 때 너무 완벽을 기하려 하는 단점이 있는 인물인데, 어
찌 보면 그것은 장점이라고도 볼 수 있었다. 또한 융통성이
없어 곧이곧대로 보고하는 경향이 있었다. 물론 본 대로 들
은 대로 보고하는 것은 은월 행동 지침의 기본 중 기본이지
만, 솔직히 가끔은 몸을 사릴 필요도 있었던 것이다. 은월
칠 조장은 그런 면이 부족했다.

새로이 싸락골에 침투한 은월 팔 조, 그들이 맡은 임무는

주변의 동향을 살피는 것이었다. 사실 무위장에 일어난 일들에 대한 소문을 부풀린 것도 바로 은월들이었다.

칠 조와 교대를 한 팔 조가 싸락골에 도착했을 때부터 이미 소문이 조금씩 퍼져 있었기 때문에, 있지도 않은 소문을 처음부터 만들어 내려고 고생할 필요도 없었다. 소문 확산을 싸락골 지부의 개방도가 열심히 막고 있었던 상황에서, 팔 조는 칠 조에게 들은 내용을 토대로 과장된 소문을 퍼트리기 시작했다.

이유는 단 하나였다.

정도맹의 인사들을 이곳에서 멀어지게 하려는 것이다. 그 결과, 일에 방해가 되는 정천진인, 그리고 제갈장천과 그와 함께 온 절검대를 소환시키는 데 성공했다. 다행히 어떤 이유에서인지 다른 정도맹의 인사들은 이곳으로 시선을 돌리고 있지 않았다.

"과연 걸왕과 소요검선은 움직이지 않는군."

은월 팔 조장은 걸왕과 소요검선이 움직이지 않는다는 점에 만족했다. 천만개 역시 며칠 전에 떠나갔으니 이제 남은 것은 걸왕과 소요검선, 그리고 화산의 군자 매화검 현도 일행이 전부였다.

"과연 잡을 수 있을까요?"

은월 팔 조원 중 하나가 걱정이 담긴 음성을 내뱉었다.

대상은 화경의 고수 두 명이었다.

전마성은 그들 두 명을 이번 기회에 처리하려는 것이다. 그러나 말이 두 명이지 자그마치 화경의 고수다. 어찌 보면 무모한 계획일지도 몰랐다.

단순히 화경에 오른 고수를 해치운다는 것만으로도 엄청난 전력을 쏟아야 하는 일인데, 이곳은 정도맹 영역의 한가운데였다. 당연히 인원을 동원하는 데도 무리가 따르고, 함정 등을 통해 유리한 상황을 만드는 데도 한계가 있었다.

"그래도 지금이 절호의 기회다."

"으음."

팔 조장의 단정적인 말에 질문을 던졌던 은월이 신음성을 흘렸다. 은월 팔 조장이 어떤 이유로 지금이 절호의 기회라 하는지는 그도 잘 알고 있었다.

정마대전이 한창 일어나는 도중에는 더더욱 고수들의 처리가 불가능하다. 그때는 수많은 고수들이 함께할 것이 뻔했기에 상대해야 하는 것이 단지 화경의 고수 둘에 그치지 않을 터였다. 그것에 비한다면 달랑 화경의 고수 둘만 나와 있는 지금의 상황은 상대적으로 좋은 기회일 수밖에 없었다.

또 다른 수하가 걱정 어린 목소리를 내었다.

"그래도 우리 인원 동원이 쉽지 않아서 말입니다."

"어차피 상대는 화경의 고수다."

"예."

"그를 상대하는 데 있어 중요한 것은 수가 아니라는 것이지."

"그러면……."

은월 팔 조장의 의미심장한 발언에 은월들의 동공이 커졌다.

"최소한 장로원 내지는 원로원에서 나설지도 모르겠다."

"정말입니까?"

"걸왕과 소요검선, 그들과 손을 섞어본 분들은 그분들이 유일하니 말이다."

장로원과 원로원.

전마성의 절대 무력을 상징하는 두 곳이었다.

장로원은 현재 전마성을 이끌어가는 이들이 모인 곳이다. 당연히 그 무력 역시 전마성 내에서 수위를 차지한다.

그렇다면 원로원은?

바로 그런 장로원에서 은퇴한 전대의 고수들이 가는 곳이 원로원이다. 여기서 중요한 점은 원로원으로 가는 이들은 그저 늙어서 은퇴한 게 아니란 것이다. 후학에게 길을 열어주고 무공에 대한 마지막 열정을 불태우기 위해 가는 곳이 원로원이다. 따지고 보면 무력적인 면에서 실질적인 최강의 조직은 바로 이 원로원인 것이다.

다만 전마성의 위기가 아니면 외부적인 활동을 하지 않는 편이어서 항상 논외로 치는 곳이기도 했다. 그런 곳이 움직일지도 모른다는 말에 은월들의 얼굴 위로 기대감이 떠올랐다.

"작정했군요."

"화경의 고수 둘을 잡는 일이다. 작정하지 않을 리가 없다."

은월 팔 조장은 확신에 찬 음성을 내뱉었다.

그때 또 한 명의 은월이 조심스럽게 입을 열었다.

"그런데 장무위란 자도 화경일지 모른다는 이야기가 있습니다. 사실 이번 소요검선이나 걸왕과의 사이를 봐도……."

장무위의 이야기가 나오자 은월 팔 조장은 살짝 미간을 찌푸렸다. 이곳에 온 은월들이 죄다 불려 가는 이유가 바로 그 장무위 때문 아니던가.

"본 성에서도 그 부분을 감안해서 움직일 것이다."

"화경의 고수 세 명이면……."

은월들의 표정이 살짝 어두워졌다.

그들을 둘러보며 은월 팔 조장이 입을 열었다.

"이곳은 전쟁터가 될 것이다."

"……"

"전마성과 정도맹의 새로운 패권 전쟁의 서막을 알리는 전쟁터 말이다. 그 제물로 그들이 선택된 것이다."

모두가 침묵했다.

이제야 그들의 임무가 보통이 아니라는 것을 알았기 때문이었다.

*   *   *

장내의 공기가 무겁게 온몸을 내리누르고 있었다.

탁자에 앉아 차를 마시고 있는 위지무와 그 앞에 부복하고 있는 은월 칠 조장 사이에는 아직 한 마디도 오가지 않았다.

'차라리 전이 나았어……'

이전에 끌려와서 감찰대에 넘어가 고생했을 때가 지금보다 상황이 나았다. 그땐 적어도 마음은 편했다. 그러나 지금 위지무를 마주하고 있으려니 그야말로 죽을 맛이었다. 그런 칠 조장의 마음을 아는지 위지무가 천천히 입을 열었다.

"봤다고 했지."

"예."

"어떻던가."

위지무의 질문에 칠 조장이 조심스럽게 정리한 것들을 보고하기 시작했다.

"나름 주변에서 잘 나간다는 이들을 불렀는지 춤사위 하나하나에 사나이 웅심을 불러일으키는 면이 있었습니다. 나아가 홀딱 춤은 그야말로 호남 명물이라 불릴 만큼……."

"장무위 말이다."

"……억."

저도 모르게 고개를 들어 바라본 위지무의 얼굴은 당장이라도 칠 조장을 박살 낼 것 같은 표정을 하고 있었다.

'이제 난 죽는구나.'

이런 생각이 칠 조장의 머리를 지배할 즈음 위지무의 질문이 다시 이어졌다.

"그동안 지켜본 장무위, 어떠했느냐."

노기를 띠지 않은 차분한 어조에 칠 조장은 마음을 가다듬었다. 잠시 생각을 정리한 그가 조심스럽게 입을 열었다.

"자기중심적인 부분이 많았습니다."

"자기중심적이라……."

"좋게 말하면 자기중심적이고 나쁘게 말하면 멋대로 행동하는 게, 마치 강호에 사괴라 불리는 이들처럼 괴팍했습니다."

"사괴라……."

남들과 다른 독특한 인생관을 가지고 살아가는 네 명의
기인을 묶어 사괴라 불렀다. 물론 그렇게 사괴라 불리기 위
해서는 가진바 실력도 있어야 했다. 자기가 하고 싶은 대로
하면서 살아가려면 그에 합당한 실력을 갖춰야 하는 게 강
호다.

그때 다시 칠 조장이 말을 이었다.

"그러나 그들과는 또 다릅니다."

"다르다?"

"기준이 제멋대로입니다."

"으음."

위지무는 신음을 흘렸다. 사실 지금까지 올라온 보고를
종합해 봐도, 장무위가 뭔 생각을 하고 사는지 도무지 이해
할 수가 없었다. 정보각에서 내놓은 해석 중 그나마 가장
설득력 있는 게 개방 측에서 정보 조작을 해서 그런 것이
아니겠느냐는 것이었다. 그러나 칠 조장의 의견은 정보각
의 분석 내용과 달랐다.

"그때그때 기분에 따라 행동합니다. 일관적인 것이라고
는 기루에서 놀 때와 돈에 눈독 들일 때뿐입니다."

"그래서야 마치 한량…… 아니, 망나니 같지 않은가?"

"비슷하다고 봐야 합니다."

"허……."

위지무는 혀를 찼다. 말을 하는 칠 조장도 답답했다.

실력 면에서는 화경의 고수로 보이는 이가 한량, 혹은 망나니 같다는 말은 설득력이 별로 없었기 때문이었다.

"그렇군."

그러나 웬일인지 위지무는 칠 조장의 보고에 더 이상 질문을 던지지 않았다.

"나가보도록."

무언가 생각에 잠긴 위지무를 대신해 은월대주가 칠 조장에게 나가보라는 명령을 내렸다. 밖으로 나온 은월 칠 조장은 양손에 가득한 식은땀을 내려다보며 일그러진 얼굴로 한마디 중얼거렸다.

"빌어먹을 싸락골……."

그곳만 다녀오면 목숨이 달랑거리는 느낌이었다.

* * *

"다행입니다."

안도의 숨을 내쉬는 수하의 말에 은월 칠 조장은 고개를 끄덕이며 대꾸했다.

"그러게 말이다."

"그나저나 다시 돌아간다는 게 영 찜찜합니다."

"……."

은월 칠 조장과 칠 조는 지금 위지무에게 끌려갔다가 다시 싸락골로 되돌아가는 중이었다. 물론 이전처럼 고초를 겪은 것은 아니었지만, 보고를 하는 내내 따갑게 느껴지는 위지무의 기운 덕에 등줄기에 흐른 식은땀으로 옷이 흠뻑 젖을 정도였다.

"까라면 까야지."

왠지 회한이 느껴지는 은월 칠 조장의 대답에 그의 수하들은 마찬가지로 한숨을 내쉬며 다시 발걸음을 옮겼다. 하도 왔다 갔다 해서 익숙해지기까지 한 길이었지만, 그만큼 목적지에 기다리고 있을 사태가 눈에 보여서 발길이 떨어지지 않는 칠 조장과 칠 조원이었다.

* * *

"오라버니."

"계속 들으니 그것도 좀 징그럽긴 하다."

"……."

장무위의 한마디에 걸왕은 입을 닫았다. 그래도 오빠라

는 단어보다 좀 나은 것 같아서 불러 보았지만, 입에 담을 때마다 온몸이 오글거리는 것은 물론이고 아예 미쳐버릴 듯이 소름이 끼쳤다.

그런 걸왕에게 소요검선과 현도 등 나머지 일행들은 불쌍하다는 시선을 보내었다. 특히 청 자 배 제자들은 더더욱 그를 안쓰럽게 바라보았다.

왜 호칭이 바뀌었는지는 그들도 알고 있었다. 장무위의 주장도 분명 이해는 갔다. 하지만 한 번 내뱉은 말은 반드시 지킨다는 신조를 가지고 살아온 걸왕이 한 입으로 여러 말 하게 만드는 장무위의 능력 또한 무시무시했다.

"그나저나 내 고급화 객잔 계획이 어그러졌어."

장무위가 냉찜질방에서 뒹굴면서 투덜거렸다. 그는 원래 대충 뭔가 있다는 분위기로 소문을 낸 뒤, 강호의 호구들이 찾아와 돈을 가져다 바치는 그런 그림을 그렸었다. 그런데 이상하게 호색가들의 소굴 비스무리하게 소문이 나는 바람에 그나마 있던 손님들마저 떠나가 버렸다.

평소 즐기던 공연을 볼 때는 좋았지만, 그 때문에 이런 부작용이 있을 줄은 생각도 못 했던 장무위였다.

"애초에 그건 정상이 아니었습니다."

막우가 한숨을 내쉬며 대꾸하자 장무위가 걸왕을 노려보았다.

"왜, 또……."

"아우, 저 화상. 저놈만 아니었어도 이 지경은 안 됐는데 말이야."

장무위가 짜증을 내자 걸왕이 반발했다.

"아니, 그게 왜 내 탓인……."

말을 내뱉던 걸왕은 한쪽에서 자신을 빤히 바라보며 고개를 끄덕거리는 막우를 보고는 말끝을 흐렸다.

원래 이 무위장 개장 행사는 막우가 준비하던 것이었다. 그랬던 것을 걸왕이 보복한답시고 막우를 따라다니는 통에 광저가 대신 준비했고, 그는 평소 놀던 대로 알차게 준비했을 뿐이다.

만약 본능이 앞서는 광저가 아니라 생각이라는 것을 하고 사는 막우가 준비를 진행했으면, 이렇게까지 처참한 결과로 끝나지는 않았을 것이다.

그 원인 제공을 한 사람이 걸왕이었으니, 할 말이 없는 것은 당연했다. 게다가 오빠라고까지 부르는 지금, 이 이상 장무위의 속을 긁어 놓으면 또 무슨 호칭이 튀어나올까 걱정되어 입을 다문 것이다.

"그런데 늬들은 왜 다 여기 있냐?"

냉찜질방에서 뒹굴 거리던 장무위가 주변을 둘러보며 말하자 모두 헛기침을 했다. 그러고 보니 언제부턴가 이 인간들이 단체로 숙박비를 떼어먹고 있었다. 그것도 모자라 이제는 장무위 회심의 역작인 냉찜질방에까지 옹기종기 모여 있는 것이었다.

"그야 밖이 더우니……."

역시나 뻔뻔한 걸왕이 슬그머니 변명 아닌 변명을 했다. 소요검선은 수염을 쓰다듬으며 대답했다.

"허허, 친우가 있는 곳에 못 올 것이 무언가."

"……맞먹어라."

소요검선은 의외로 뻔뻔했다.

장무위의 나이가 사백이 넘었음을 인정하면서도 아예 대놓고 친우라 하는 것이다. 원래는 대외적인 장소에서만 쓸 호칭이었음에도 아예 사석에서도 그리 부르고 있었다. 장무위는 투덜거렸지만 별다른 말을 하지는 않았다.

친우라는 말이 꽤 나쁘진 않았기 때문이었다.

단지 그 친우라고 하는 이가 호호백발의 늙은이라는 게 좀 그랬지만, 그렇다고 이제 와서 생판 모르는 젊은 놈들하고 친구 먹고 어울리기도 좀 그랬다. 그랬다간 대가리에 피도 안 마른 것들이 맞먹으려 들 게 아닌가.

그때 청운이 고개를 갸웃거리며 질문을 던졌다.

"그래도 젊은 사람처럼 행세하는 것도 나쁘지 않을 것 같은데요? 기왕 새 삶을 사는데 말입니다."

청운의 질문에 장무위가 뒹굴거리다가 혀를 차며 대답했다.

"그러고 다니다가 한참 어린 노무 시키들이 반말로 대거리하면, 넌 기분 좋겠냐?"

그러자 청운이 머리를 긁적이며 말했다.

"그게 그렇긴 한데……."

"너 보니까 가끔 이야기책 같은 거 보던데, 그거 다 농지거리다."

장무위의 말에 청운이 찔끔했다. 그런 청운을 본 장무위가 냉수를 한 사발 들이키며 말했다.

"이게 현실이다. 낫살 먹어서 나쁜 건 갈 날이 얼마 안 남고 골골거리는 경우에나 그렇지, 이렇게 팔팔하면 대충 존경도 받고 얼마나 좋냐?"

"……."

청운은 침묵했다.

차마 존경과는 거리가 멀지 않느냐는 반문은 할 수 없었던 것이다. 아니, 결과가 빤한 질문은 할 필요도 없었다.

욕먹거나 맞거나, 둘 중 하나일 터.

"응? 늬들은 뭐 하냐?"

그때 장무위는 한쪽 구석에 있는 청수와 청풍을 바라보았다. 그들은 지금 번갈아 심법을 운용하고 있었다. 청수가 화들짝 놀라며 입을 열었다.

"아, 그…… 수련을……."

"그걸 왜 여기서 하냐?"

"……시원해서입니다."

실은 단순히 시원해서가 아니었다.

이 냉찜질방의 존재를 알고 난 뒤 그들은 경악했다. 말로만 듣던 빙정 같은 게 아니라면 어떻게 이런 냉기가 흐를 수 있겠는가. 이런 것은 빙공을 익히는 무인들에게 더없는 기물이지만, 일반 무인들에게도 각별한 기물이다.

그 이유는 바로 조화에 있었다.

조화를 중요시하는 심법들은 그 조화를 이루는 데 목적을 둔다. 하지만 아무리 노력을 하더라도 남자의 경우 기본적으로 양기가 좀 넘치는 경향이 있었다.

그뿐이 아니었다.

심법수련은 보통 음기와 양기가 조화를 이루는 시간에 많이 한다. 그러나 그런 시간은 하루 중에도 매우 짧은 편이다. 그런데 이런 기물이 있으니 어찌 도움이 안 되겠는가.

당연히 도움이 되고도 남았다.

물론 어떤 이는 밤에도 수련을 하고 낮에도 해서 조화를 맞추면 되지 않느냐는 소리를 할 수도 있겠지만, 그게 말처럼 쉬운 것도 아니다.

밤은 음기뿐 아니라 사기 등의 다른 기운이 돌아다니는 시간이기도 했다. 특히 한밤중은 사기가 강한 시간대다. 괜히 귀신이 있고 귀신 잡는 도사가 있는 게 아니었다. 그렇기 때문에 밤중에는 심법을 운용하더라도 사기를 걸러내고 나면, 들인 시간에 비해 정작 얻을 수 있는 내력의 양이 너무 적었다. 반면 양기가 충만한 시간에 심법을 운용하면 순수한 열기가 들어온다.

즉, 균형이 깨어지게 된다.

그렇다면 열양공을 하는 사람은 대낮에 계속 내력 운용을 하면 좋겠다고 생각하기 쉽지만 그 역시 아니다. 대낮에 운공을 해도 다른 기운이 섞여드는 것은 마찬가지고 과함은 모자람만 못한 법이었다.

여러 가지 요소들을 고려해 봤을 때, 지금 이곳은 최상의 조건을 갖춘 수련장이었다. 순수한 기운을 받아들일 수 있는 곳이었기 때문이다.

현도 역시 그 점을 알기에 그들을 제지하지 않았다. 아니, 오히려 제자들을 위해 얼굴에 철판 깔고 종종 놀러 오는 것이다.

그런 이유를 다 집어던지고 얼떨결에 시원해서 여기서 수련한다고 말을 해 버린 청수는 긴장된 시선으로 장무위를 바라보았다. 물끄러미 그를 바라보던 장무위가 픽 하고 웃으며 말했다.

"뭐, 시원하면 좋지. 나도 예전에 뜨듯한 곳에서 운공을 하니 좋았거든."

왠지 편하게 대답해 주는 장무위의 말에 청수와 청풍은 안도의 숨을 내쉬었다. 그때 장무위가 한 팔로 머리를 괴고 옆으로 누운 상태에서 느물거리는 웃음을 띤 채 질문을 던졌다.

"그럼, 얼마 줄래?"

"예?"

"시원한 데서 운공하잖아. 공짜로 있을라고? 여기 들어와 있는 것도 공짜로 해 주는데?"

"그……."

순간 청수의 얼굴이 굳어졌다. 그러면 그렇지, 장무위란 인간이 어떤 인간인데 그냥 넘어가겠는가, 하는 말 못 할 한탄이 속으로 쏟아졌다.

"클, 긴장하기는……."

장무위가 씩 미소 짓자 그제야 청수의 굳어진 안색이 펴졌다. 그런 청수에게 장무위가 한마디 던졌다.

"나중에 시간 날 때 나무나 좀 해 와라. 집이 넓으니 장작이 엄청 들어가더만."

"알겠습니다."

"예!"

청수와 청풍에게서 거의 동시에 대답이 흘러나왔다. 혹시라도 생각이 바뀌어서 말을 무르기라도 할까 봐 얼른 대답을 하는 꼴이었다.

현도 역시 말리지 않았다. 이곳에서 수련하는 대가라고 생각하면 솔직히 싼 것이었다. 장무위가 세상 물정에 어두운 것이 이럴 때는 참 유용하다고 생각했다.

그때 장무위가 현도를 물끄러미 보면서 입을 열었다.

"뭐, 이 정도면 거의 공짜 아닌가?"

"……."

"아까 말했잖아. 나도 뜨듯한 데서 수련했다고."

현도의 얼굴이 살짝 굳었다.

"그럼……?"

"알아서 생각하라고."

의문이 들게 하는 한마디를 던진 장무위는 다시 등을 돌리고 시원한 방 안에서 느긋하게 뒹굴었다. 현도는 그런 그를 보며 앞으로는 좀 더 조심해야겠다고 생각했다.

아무것도 모르고 그냥 멋대로 사는 것 같지만, 장무위는 바보가 아니었다. 아니, 솔직히 말해 세상 물정이야 살다 보면 자연스레 익히는 것이다. 그리고 화경의 고수가 멍청

할 리도 없었다. 그동안 장무위가 하는 행동을 보고 스스로 선입견에 빠져 있었을 뿐이었다. 여기에 걸왕을 다뤄 왔던 모습까지 떠올려 보니, 왠지 한참 잘못 생각하고 있었다는 느낌이 들기 시작했다.

"뭐, 좀 미안하면 우리 애들이나 좀 봐 주던가."

"네?"

"기초가 부실해서 말이야. 내가 하도 굴리니까 애들이 날 설설 피해 다녀."

"……뭐, 기초 정도라면야."

현도는 장무위에게 대답을 하면서 역시 자신의 판단이 맞았다고 생각했다. 장무위는 바보가 아니다. 단지 귀찮은 걸 싫어할 뿐이고, 그런 일은 남에게 떠넘길 만한 잔머리 역시 가지고 있는 사람이다.

그리고…….

쉽게 맘이 변할 가능성이 큰 사람이다.

＊　　　＊　　　＊

전마성주 갈천극은 흥미로운 표정으로 질문을 던졌다.

"원로원에서 누가 나갔다고?"

갈천극의 질문에 태상장로인 광염마존 곽주경이 살짝 허

리를 숙이며 답했다.

"지마 어르신과 인마 어르신을 포함, 원로원 고수 스무 명이 움직였습니다."

"흐음……. 모자라지 않겠나? 걸왕은 그렇다 쳐도 소요 검선까지 있다는 것을 알 텐데."

"그래서인지 광혈마도 끌고 간 듯합니다."

광혈마라는 이름을 들은 갈천극이 살짝 눈살을 찌푸렸다.

"광혈마를?"

"예."

"통제가 되지 않는 힘은 오히려 문제가 될 텐데?"

갈천극이 광혈마에 대한 지적을 하자 곽주경이 걱정하지 말라는 투로 입을 열었다.

"차라리 이런 일에 보내는 것이 더 낫습니다. 어차피 통제되지 않는 힘이라면 대규모 결전 같은 곳에서는 더더욱 쓰기 어렵습니다. 하지만 대상이 소수인 경우에는 조금 날뛰어도 문제없지 않겠습니까?"

"주변이 초토화될 텐데?"

갈천극의 말에 곽주경이 웃으며 대답했다.

"그래 봐야 싸락골 정도입니다."

"그래도 모르니 미리 이야기를 해 놔. 관에서 움직이면 그건 그것대로 골치 아픈 일이니까."

"미리 말입니까?"

곽주경이 확인하듯 질문을 하자 갈천극이 고개를 끄덕이
며 말했다.

"그래, 그러면 관에서도 별문제 없을 거다."

"알겠습니다."

갈천극의 대답에 곽주경이 고개를 숙였다.

"그건 그렇고 그, 뭐랬지? 장무위?"

"예, 장무위라 합니다."

"별호는?"

"없습니다."

곽주경의 대답에 갈천극이 피식 웃으며 대꾸했다.

"화경일지도 모르는 고수인데 별호가 없다라……. 재미
있군."

은거해서 나오지 않는 인간도 아니고, 멀쩡히 싸돌아다
니는 인간인데 별호가 없다는 게 신기했다. 게다가 그저 그
런 수준의 고수가 아니라 화경의 고수라고 판단되는 인물
이었다.

"별다른 활동이 없으니 별호도 없는 것 아니겠습니까?"

"별다른 활동이 없는데 장원을 여는 개장식에 개방에다
가 제갈세가의 신뇌, 그리고 화산의 장로가 움직이나?"

"그건……."

갈천극의 말에 순간 곽주경은 할 말을 잊었다.

별호라는 건 주변의 평이다.

무언가 지대한 업적을 이루지 않았어도, 일정 이상 무위를 가진 무인이라면 친우들이 하나씩 붙여 주기도 한다. 그런데 아직까지 장무위에게 별호가 없다는 게 생각해 보니 더 이상하긴 했다.

"그러고 보니 별호라고 할 것까진 아니지만 별명은 좀 있었던 걸로 보입니다."

곽주경의 대답에 갈천극이 인상을 찌푸리며 되물었다.

"별호가 별명이나 마찬가지 아닌가?"

"그게 좀……."

별호라 하지만 쉽게 말하면 강호에서의 별명이 별호라고 볼 수 있다. 그렇기에 갈천극은 마찬가지가 아니냐고 반문을 한 것이고, 곽주경은 무언가 다르긴 한데 정확한 설명을 하기 어려워 잠시 말을 흐렸다. 결국 곽주경은 그 부분에 대해 자세히 보고를 하기 위해 정보각에 그에 해당하는 내용을 올리라고 명했다.

잠시 후 정보각 부각주가 장무위에 대한 서류를 놓고 나갔다. 그 서류를 들어 올린 곽주경이 시선을 내리다가 한구석을 짚으며 입을 열었다.

"어디 보자, 여기 있군요."

"음."

"거참……."

"빨리 읽어 보지?"

곽주경이 어색한 미소를 지은 채 머뭇거리자 갈천극은 시간을 끄는 게 못마땅한지 재촉하였다. 그러자 곽주경이 어쩔 수 없다는 듯 입을 열었다.

"정력신마, 절륜공자, 정력교주, 깽판공자, 당과 귀신, 술 귀신, 호구공자, 성자, 쪽박 파괴자, 천면자, 돈 귀신 등입니다."

"……."

갈천극은 잠시 입을 다물었다. 다채롭게 쏟아진 별명들이 하나같이 너무나 저렴했기 때문이었다.

그중 정력이니 뭐니 하는 종류만도 세 가지다. 그것도 얼마나 난장을 피웠으면 '정력' 다음에 따라 붙는 단어가 '신마' 겠는가. 색공을 쓰는 무인도 이렇게 다채롭게 불리기는 어려웠다.

곽주경도 갈천극의 반응을 예상했다는 듯 어색하게 웃고 있었다. 잠시 할 말을 잃고 있던 갈천극이 다시 물었다.

"……고수 같다고 하지 않았나?"

"화경에 달하는 고수로 파악된다 했지요."

"그런데 그게 뭔가?"

"절륜공자는 일대의 기방에서 기녀들이 붙여 준 이름이고, 정력교주는 마찬가지로 그 일대에서 기루에 출입하는 한량들이 붙여 준 별명입니다. 그리고 깽판공자라는 호칭은 마찬가지로 술집 일대와 무관들 일대에서 불리는 별명입니다."

"술집이라도 엎었나?"

"비슷합니다."

"그럼 무관은 뭔가?"

"동네 무관들도 엎었습니다. 한때 무관 깨기를 하고 다녔다고 합니다."

곽주경의 말에 갈천극이 인상을 쓰며 되물었다.

"그 동네 무관은 용담호혈인가? 초절정 이상의 고수가 깨고 다니게?"

"고만고만합니다. 그 와중에 만난 게 화산의 군자 매화검입니다."

"아, 그 일이 그 일이었나?"

"예."

사실 갈천극은 장무위에 대해 단편적인 이야기만 보고받았지 처음부터 끝까지 차근차근 보고받은 적이 없었다. 그나마 받은 일부 보고도 나중에 사건이 커지고 나서였다.

솔직히 그쪽 동네일을 전마성주인 갈천극이 일일이 보고 받는다는 게 더 웃긴 일이다. 장무위가 아니었으면 흔하디 흔한 동네 이름인 싸락골을 그가 기억할 이유도 없었다.

"당과 귀신은 그쪽 동네 당과 장수와 아이들에게 불리는 별명이고, 술 귀신은…… 뭐, 굳이 설명할 필요는 없지 않겠습니까? 도박장에서는 호구공자라 불리고, 거지들에게는 먹을 걸 퍼줘서 성자라 불리다가 요즘 적선을 핑계로 한동안 쪽박을 깨고 다녀서 쪽박 파괴자라 불렸습니다."

"성자? 쪽박 파괴자? 그건 또 무슨 짓이지?"

얼핏 듣기로는 전혀 상반된 이야기였다.

"글쎄요, 그것까진 잘……."

"돈을 밝히니 돈 귀신일 테고."

"그렇지요."

"천면자?"

"일인 경극 할 때 붙여진 별명입니다. 천 개의 얼굴을 가진 자라며……."

"별명이라 할 만하군."

갈천극이 어이없다는 듯 피식 웃음을 흘리며 대구하자 곽주경이 서류를 내려놓은 뒤 말했다.

"그 밖에도 관련해서 재미있는 정보들이 꽤 많습니다. 이번 개장식 때는 화산파, 제갈세가, 개방의 주요 인사를

비롯해 동네 유지들까지 모아 놓고 홀딱 춤을 관람했다든
지, 그 외에 비슷한 종류의 행사를 진행했다든지……."

"홀딱 춤은 호남 명물이지."

"……보셨습니까?"

곽주경의 질문에 갈천극은 그저 활짝 핀 웃음으로 대답
을 대신했다.

                    *   *   *

장무위는 날이면 날마다 시원한 방에서 뒹굴고 있었다.
그 한쪽 구석에는 공식적으로 허락을 받은 청 자 배 제자들
이 열심히 운공 삼매경에 빠져 있었다.

걸왕은 오빠라고 부르는 것이 싫은지 요즘은 장무위의
눈앞에 잘 나타나고 있지 않았다. 그러면서도 꼬박꼬박 송
화에게 밥은 얻어먹고 있었다.

소요검선은 최근 낚시에 취미를 붙였는지 낚싯대를 들고
손녀와 함께 동정호에 나다녔다. 물론 만덕이와 소화라는
혹이 붙었지만 나름대로 손주 같다고 느꼈는지 그리 싫어
하는 눈치는 아니었다.

운공을 끝낸 청운이 한쪽에서 뒹굴고 있는 장무위를 슬
쩍 바라보며 입을 열었다.

"저, 이거 말입니다."

"뭐?"

"이 방을 시원하게 만드는 거 말입니다."

"아아, 이거?"

"이거 만년빙정입니까?"

"만년빙정?"

청운의 질문에 오히려 장무위가 되물어왔다. 사실 냉찜질방으로 활용하고는 있지만 장무위가 뭘 알겠는가. 그저 자신이 운공하던 돌침대가 깨달음의 순간 부서지면서 나타난 돌이었다. 물론 돌침대는 원래 따듯한 기운을 만들어 주었다. 그런데 그 기운을 장무위가 다 빨아들이고 나니 이토록 차갑게 변한 것이다.

시원하니까 쓸모가 있어 보여 그것이 담겨 있던 함에 보관하고 있었을 뿐이다. 함께 발견된 함은 이 차가운 기운을 완전히 갈무리해 주었다. 그래서 그동안 조용히 보관하다가 이번 장원을 만들 때 써먹은 것이다.

"글쎄, 그건 아닐 거다. 원래부터 차가운 것은 아니었으니까 말이다."

"예?"

"원래는 따듯했거든. 그게 궁금했냐?"

"예, 원래 만년빙정은 부르는 게 값이거든요."

"오호?"

"그, 그냥 그렇다고 말입니다."

장무위가 호기심을 보이자 청운이 대충 둘러대었다. 혹시 마음이 변해서 앞으로는 여기서 운공할 때 돈 내라고 할까봐서였다.

"뭐, 시원하면 됐지. 어쨌든 느그들은 사숙 잘 만나서 복받은 줄 알아라."

"예……."

그들은 현도의 희생으로 이렇게 시원한 곳에서 편하게 운공을 할 수 있었다.

참 다행이었다.

第十二章

싸락골을 향한 검은 손길

"감사합니다요!"

온몸에 낙서를 한, 때론 여기저기 칼집을 달고 있는 무리들이 일제히 허리를 꺾으며 예를 올리자 현도가 살짝 고개를 숙였다.

"고생했네."

되돌아가는 그들을 보며 현도는 작게 한숨을 내쉬었다. 아무리 기초라지만 살다 살다 흑도 출신들에게 가르침을 주게 될 줄은 생각도 못 했다. 하지만 어쩔 수 없었다. 이 정도 수고는 그만한 기물을 활용하는 데 대한 대가라고 하기에는 모자라도 한참 모자란 편이었다.

그동안 이곳에서 지내며 현도와 청 자 배 제자들은 본의 아니게 여러 가지 기연을 얻었다. 물론 현도의 경우에는 깨달음과 함께 오명도 따라붙게 되었으나, 따지고 보면 얻은 게 더 크니 결과적으로는 이득이었다. 제자들의 경우에는 돈 주고 영약을 사 먹었다지만, 원래 영약이라는 게 돈을 주고도 사 먹기 힘든 것이었다.

순전히 좋은 일만 있었던 것은 아니지만, 어쨌든 여러 가지 일을 겪은 덕에 현도 자신은 초절정의 반열에 올라설 수 있었고, 청 자 배 제자들은 일류의 반열에 당당히 올라서게 되었다.

게다가 재미있는 것은 장무위가 싸우는 모습을 보면서 소소하게나마 깨달은 바가 있는지, 제자들의 움직임에서 겉멋 부리는 듯한 동작을 거의 찾아볼 수 없게 되었다는 점이다.

젊은 검수들은 상당수 이 부분에서 자유로울 수 없는데, 과거의 자신도 마찬가지였다. 이 부분은 무의식적인 것이라 더욱 그랬다. 그런데 장무위의 싸움을 곁에서 지켜보는 동안 그들은 실전이라는 게 자신들이 생각하는 것과는 다르다는 사실을 뼈저리게 깨닫게 된 모양이었다.

심지어 이전까지는 그래도 대문파에 속했다 해서 이것저것 재거나 체면을 중시하는 모습을 보였는데, 이제 불필요한 체면은 놓게 된 것이다. 어찌 보면 그들의 모습에서 자신의 초상 또한 볼 수 있었던 현도였다.

자신 역시 그러한 굴레에서 벗어나지 못하다가 장무위를 통해 깨달음을 얻지 않았는가.

그래서인지 이전에는 생각지도 못한 일을 하는 지금이 나름대로 신선하기도 하고, 그렇게 나쁜 기분은 들지 않았다.

그때 한쪽에서 청운이 다가와 포권을 했다.

"고생 많으십니다, 사숙."

"오냐, 수련은?"

"잘 되어갑니다. 그런데 말입니다."

"말해 보아라."

"빙정 같은 게 아닐 것 같습니다."

청운의 말에 현도가 고개를 갸웃거렸다.

"그건 또 무슨 소리냐?"

"원래는 그게 따듯한 기운을 품고 있었다고 합니다."

청운의 설명에 현도는 곰곰이 생각을 해 봤다. 하지만 딱히 떠오르는 것은 없었다. 그가 아는 한 차가운 냉기를 내뿜는 기물은 빙정이 다였다. 그런데 청운이 말하기를 원래는 따듯한 기운을 품고 있던 것이라고 하니 그저 고개를 갸웃거릴 수밖에 없었다.

"뭘까요?"

"굳이 알 필요 있겠느냐?"

"예?"

"지나치게 참견해 봐야 분란거리만 늘어날 뿐이다. 이 정도가 딱 좋다. 이곳에 대한 관심은."

"하긴 그렇겠습니다."

현도의 말에 청운이 고개를 끄덕였다.

장무위와 싸락골에 대한 이목을 이 이상 집중시킬 필요 없다는 말이다. 관심이 쏟아지고 사람이 몰려들면 자연스레 사고가 일어나기 마련이다. 게다가 장무위 성격상 그 사고에 어떻게 대처할지는 깊게 고민할 것도 없이 답이 나왔다. 일단 작살부터 내고 시작할 것이다. 그리되면 소란은 더 커진다. 하지만 현도가 염려하는 것은 그것만이 아닌 모양이었다.

"무위장주 어른 때문이 아니다."

"예?"

"전마성의 움직임이 심상치 않은 지금, 이곳에 혼란이 일어나서 좋을 게 없으니 하는 말이다."

"아……."

현도의 설명에 얼마 전 있었던 조화검신의 비동 사건이 떠올랐다.

물론 장무위의, 정확히는 그가 위장한 기연 사냥꾼의 활약 아닌 활약 덕분에 혼란이 상당 부분 줄어들었기에 망정이지, 그게 아니었다면 개나 소나 비동에 몰려와 무슨 일이 터졌을지도 몰랐다. 사정을 모르던 당시에는 당연하다 싶었지만, 이제는 조화검신의 비동에 누군가가 손을 쓴 것이 밝혀진 상황이니만큼 더욱 주의를 기울여야 했다.

게다가 얼마 전에 있었던 혈마단 부단주 적면마의 등장 또한 예사롭지 않은 일이 벌어질 전조로 보였다.

"어찌 되었든, 전마성의 움직임이 심상치 않으니 더욱 수련에 힘쓰거라."

"알겠습니다."

청운은 약간 긴장된 모습으로 물러났다.

전마성과의 제이 차 정마대전이 벌어지면 그 일선에 나서야 하는 이들은 바로 자신과 같은 항렬의 무인들이었다. 현도의 말대로 더 실력을 갈고닦아야 할 때였다.

어쩌면 현도 역시 그 때문에 무위장에 있는 이들의 기초를 잡아주라는 장무위의 제의를 받아들인 것일지도 모른다. 바로 청 자 배 제자 셋의 실력을 조금이라도 높일 수 있는 시간을 벌어주기 위해서 말이다.

그런 현도의 마음을 짐작한 청운은 다시 장무위가 있는 방 안으로 들어섰다.

벌컥!

문이 열리고 다시 들어온 청운이 지체 없이 가부좌를 틀고 수련에 들어갔다.

"뭐야? 갑자기 비장미 넘치는 얼굴로."

장무위가 질문을 던졌지만 대답을 해야 할 청운은 이미 운공에 들어가 있었다. 그 모습을 본 장무위는 대답을 듣는 걸 포기하고 다시 한쪽으로 드러누웠다. 하지만 그의 표정은 조금 달라져 있었다.

"찜찜한데."

청운의 얼굴에 드리운 표정. 지겹게 봐 왔던 것이었다. 전쟁에 나가기 전 병사들이 지었던 그 표정과 닮아 있었기 때문이었다.

그렇기 때문인지, 장무위의 안색은 그리 좋지 못했다. 그에게 있어 전쟁은 곧 지옥이었다.

"쓰읍."

왠지 씁쓸한 기운이 입가에 맴도는 느낌이었다. 모로 누운 장무위가 나지막이 중얼거렸다.

"제발 조용히 살자."

마치 소원을 빌 듯이……

                    *   *   *

"고생했군."

"뭘……."

은월 팔 조장의 환대에 칠 조장은 익숙하다는 표정으로 인사를 받았다. 물론 인사가 익숙한 게 아니라 위지무에게 불려 갔다 오는 일이 익숙한 것이다.

은월의 특성상 보통은 한 번 나오면 임무가 끝날 때까지 복귀할 일이 거의 없는데, 칠 조는 뻔질나게 드나든 느낌이었다.

"무위장은 별다른 움직임 없는가?"

"뭐, 일상을 누리는 모양일세. 군자 매화검이 무위장 식솔들의 수련을 조금씩 돕는 것 이외에는 그다지……."

"그런가?"

"아참, 그런데 고민이 하나 있네."

문득 팔 조장이 심각한 표정을 지으며 종이 한 장을 내밀었다.

"이걸 어떻게 해야 할지 몰라서 말일세."

칠 조장은 팔 조장이 내민 종이를 받아서 펼쳐보곤 살짝 굳어진 얼굴을 하였다.

"이건……."

"보고해야 하나?"

"……."

칠 조장은 대답하지 못했다. 대신 이 정보를 물어온 것이 팔 조장이라는 데에 조금이나마 안도를 했다.

쪽지에는…….

걸왕이 장무위에게 오라버니라 부른 장면을 목
격했음.

……이렇게 적혀 있었다.

"설마 걸왕이 여자는 아니겠지? 그렇겠지?"

"……."

팔 조장의 떨리는 음성을 들으며 칠 조장은 측은한 시선을 던져주었다.

그날 저녁, 전서구 한 마리가 싸락골 위로 날아올랐다.

*　　*　　*

며칠 후, 짐을 싸고 있는 팔 조장과 팔 조원을 칠 조장은 딱하다는 눈으로 바라보고 있었다.

"후우. 자네 마음을 이제는 알 것 같네."

"이해해 줘서 고맙네."

"역시 끝에 사감을 넣어서는 안 되는 것이었네."

"……"

칠 조장은 말없이 고개를 끄덕여줄 뿐이었다.

팔 조장의 보고 내용은 별게 없었다.

걸왕이 장무위를 오라버니라 부름. 걸왕이 여자
일 가능성 확인 요망.

팔 조장은 앞부분이 아니라 뒷부분에서 실책이 있었을
것이라 판단하고 있었다. 하지만 그동안 갖은 고생을 한 칠
조장은 장무위랑 엮인 것 자체가 문제라는 결론을 내린 상
태였다. 결론은 내렸지만 그가 할 수 있는 일은 그저 팔 조
장에게 안쓰러운 시선을 보내는 것뿐이었다.

"그런데 오늘 오시는가?"

"그러네."

공교롭게도 은월 팔 조가 싸락골을 떠나는 날, 전마성에
서 사람이 한 명 도착하기로 되어 있었다.

팔 조장이 약간은 궁금한 듯 고개를 갸웃거렸다.

"정말 통할까?"

"그건 잘 모르겠네. 다만 이런 일에는 그분만큼 적임자

는 없으니까."

"접선은 자네가 맡는가?"

팔 조장의 질문에 칠 조장은 고개를 저었다.

"그럴 리는 없지 않겠는가? 우리는 만약을 대비해서 계속 암약(暗躍)해야 하니, 아마 그 부분에 대해서는 함께 오고 있는 인원들이 알아서 할 것일세."

"그렇겠군."

"그럼 조심해서 올라가게나."

"고생하게."

그 인사를 끝으로 팔 조장과 팔 조원은 소환 명령을 따라 무거운 발걸음을 옮겼다.

은월 팔 조가 싸락골을 떠나고 얼마 되지 않아 한 대의 마차가 싸락골을 향해 천천히 들어섰다.

"오늘은 편히 쉬실 수 있으실 겁니다."

"그렇겠군."

대답을 하는 이는 중년의 남성이었다. 비대한 몸집이지만 미련해 보이기보다는 푸짐하고 넉넉해 보인다는 느낌을 주었다. 눈 역시 웃는 모양인 것이 보는 이로 하여금 호감을 일으키는 인상이었다. 그런 그를 태운 마차가 싸락골 안으로 점점 깊숙이 들어가고 있었다.

그 모습을 멀리서 바라보는 이들이 있었다.

"인마님, 황금당주가 들어갔습니다."

"역시 귀찮아. 들어 보니 이상한 놈이던데 이렇게까지 해야 하는가?"

"위에서는 쉽게 할 수 있는 일이라면 돈을 아끼지 말라 했습니다."

길잡이로 동행한 은월 삼조장의 대답에 이번엔 지마가 나서며 물었다.

"그런데 상대에 대한 파악은 끝낸 건가?"

"돈이면 친구 목도 따갈 이라고 소문이 파다합니다. 여색에도 환장하는 편이고, 또 애초에 돈 귀신이라는 별명이 붙을 정도니까요."

은월 삼조장의 대답에 지마가 혀를 찼다.

"끌……."

"어차피 안 돼도 그만입니다. 협상이 결렬되는 순간 바로 들이칠 수 있도록 준비가 끝났으니, 그저 귀찮음을 덜기 위한 사전 작업이라 생각하시면 됩니다."

"그렇긴 하지. 그럼 우리도 천천히 내려가도록 하지."

"예."

인마와 지마라 불린 이들을 비롯한 인원들이 싸락골을 향해 천천히 발걸음을 옮겼다. 그 뒤로 마차가 한 대 뒤따랐다.

"화경의 고수 둘이라……. 재미있겠어."

인마라 불린 이가 누런 이를 드러내며 웃었다. 그러고선 마차를 돌아보며 중얼거렸다.

"조금만 더 있으면 얼마든지 날뛸 수 있도록 해 주겠네. 그러니 참으라고."

그 말이 들렸는지 마차 안에서 기괴한 웃음소리가 울려 왔다.

"크훗! 크흐흐훗!"

그 웃음소리를 들으며 지마가 즐거운 표정을 지었다.

"충분히 즐거운 시간이 될 거라네."

"킬킬킬!"

"큭큭!"

지마의 말에 걸음을 옮기는 이들에게서도 거친 웃음이 들려왔다.

그들은 그렇게 끈적하고 어두운 분위기를 풍기며 싸락골 로 향했다.

〈다음 권에 계속〉